新　潮　文　庫

名探偵の顔が良い

天草茅夢のジャンクな事件簿

森　晶　麿　著

新　潮　社　版

11969

Contents

名探偵の顔が良い

天草茅夢のジャンクな事件簿

第一話

やみつき天《てん》誅《ちゅう》

1

推《お》しが身近にいる者は幸いなり――。

偉人の格言ではない。私が腹の底に抱えている、ちょっとした真理だ。

推し――〈好き〉の中から、対象と直接的な関わりを望む気持ちを除いた崇高な感情。ようは、身体性を伴わない〈好き〉。

もしもそんな相手が身近にいれば、人生がほんの少し豊かだという証《あかし》で、何ならもう幸福を手にしていると言い切ってもいい、と私は思う。

たとえ己自身はからっぽで、無価値な代物《しろもの》だとしても。

「潤《じゅん》ちゃん見て見てー。私の推しのリュウ君。イケメンじゃない？」

長い栗色《くりいろ》の髪を指にくるくると巻き付けながら、闇月清奈《やみつききよな》は私にスマホの画面を見せてきた。

「クラスメイトの子？　その子が好きなの？」

私の現在の〈職場〉の顧客たる清奈は高校二年生。さっきから勉強そっちのけでスマホに撮り貯《た》めた写真を見せてくれる。そのすべてに映っているのが、「リュウ君」らしい。

「好きとかじゃないの、推しだよー、推し！」

「クラスメイトが推しなの？　それはまた……」

「だって尊いもん。推しでしょ。推し以外の概念が当てはまらない」

きっと最近の子にとっては、ごく当たり前の考え方なのだろう。私の十代はそうではなかった。推しという言葉はあっても、その対象はテレビや漫画の向こうに限られていた。もっと昔から〈推し〉の概念がこれくらいカジュアルなら良かったのに。

と、その時、清奈がカーテン越しに窓をバン、と叩《たた》いた。

「ごめん驚かせて。蚊が逃げた。てか潤ちゃん、推し、いないの？」

「いる」

かぶせる勢いで即答した。現実の世界に推しをもつことを二十七年間思いつかないまま生きてきた私だが、テレビの向こうの話となれば別だ。それはいた。物心ついた頃から、その人のことを〈王子〉と名付けて崇《あが》めてきた。そして、いつ頃からか王子が身近な存在でないことを儚《はかな》むようになった。

ああ、推しが身近にいれば、もっと幸せなのに――と。

「ええどんな人？　知りたーい」

「清奈ちゃんもよく知ってる人。ヒント。今週から週一で月曜九時に会えます」

「なんだ……俳優か」

現実の世界の推しではないと知ってがっかりしたようだ。

「でも、清奈ちゃんにだってテレビの中の推し、いるでしょ？」

「んー、ユーチューバーにはいるよ」

「ま……まあ、ユーチューバーでもいいよ。仮にさ、そのユーチューバーが現実の世界に現れたらどうする？」

「んー、ヤバいかな」

この――ボキャ貧娘め。

「しっかし、潤ちゃんが茅夢《ちむ》クン推しとはねー。まあ、安心しなよ。茅夢クンがそのへん歩いてるなんてことは、宇宙の星が金平糖に変わっても起こらないから」

「そんなのわからないでしょ。っていうか、王子のことを茅夢クンなんて馴《な》れ馴れしいな」

「お……王子？　王子って呼んでるの？」

清奈は吹き出した。やれやれ。私と王子の歴史をわかっていない。

ジャケットのポケットで、スマホが鳴った。

「ちょっと失礼」

部屋の外に出る。上司の澤村《さわむら》からだった。

2

「指示ならLINEでお願いしますよ」

「ちょっとは恋人気分に戻って話したいと思ったのさ」

ワイヤレスイヤホンの向こう側で澤村はへらへらと笑う。澤村が私の彼氏だったのは、たったの三カ月だけ。そんな短期間の親しさを引きずらないでほしい。キアヌ・リーヴスに似たミステリアスな風貌《ふうぼう》に惹《ひ》かれたが、キアヌの小指の先ほどの哲学性すらこの男にはなかった。見掛け倒し。

「今日もお勉強か。呑気《のんき》だな」

「仕事ですから」

ややムッとして答えたのも仕方がない。だいたい、この仕事を私に押し付けたのは澤村だ。それを「呑気」だなどと……。

「闇月家の信頼は勝ち取れそうか?」

文京区千駄木の由緒《ゆいしょ》ある住宅街——その中に聳《そび》え立つ闇月家の豪邸における目下の私

の任務は、その長女、清奈の家庭教師にあった。

高校入学以来、勉強をまったくしないこの娘のために、平日夜七時から二時間、みっちり教えている。だが、それが私の職業なのかと言われればそれはちょっと複雑だ。

「まずまずといったところです。あの、いま授業中なんで切っていいですか？」

「まてまて。用件が一つ」

「手短にお願いします」

私は澤村が早口で言う頼みごとをじっと黙って聞き、わかりました、と短く答えて電話を切って戻った。

「いまの、彼氏でしょ？」

部屋に戻ると、清奈はそんなくだらないことを言う。

「だったらいいんだけどね。さ、古典やるよ」

「えええやだやだ。数学か物理がいい」

「数学と物理はやらなくても満点とれるでしょ。ほかの赤点科目を」

「もっと話そうよ」

「話してるよー」

清奈の言葉を適当に受け流して、問題集に手を伸ばしたその時——屋外から叫び声が聞こえた。

私と清奈はすぐに顔を見合わせた。叫び声はおそらく、闇月家の夫人、妃奈《ひな》のもの。

「ママの声……どうしたんだろ……」

私たちは、カーテンを開けた。屋敷の二階にあるこの部屋からだと、長い屋根越しに真っ先に目に飛び込むのは、立派な四本柱に支えられた唐門《からもん》だ。闇月邸の正門で、その屋根の上に、いつもなら〈半月〉が輝いている。

半月――私がそう呼んでいるのは、この闇月家の家紋であろう半円状の金属製の装飾だ。おそらく、もとは戦国時代あたりの武将の兜《かぶと》の飾りだったものを取り外して、門の屋根の上に付けたのに違いない。

ところが――いつもあるべき場所に、その〈半月〉が見当たらない。半月の大きさは、門の大きさの比率から考えるに、直径がほぼサッカーボール大。それが、今は見えない。思えば、門をくぐる時、頭上に輝いているはずの〈半月〉がすでになかった気がする。

視線を下方にずらしていった。

門のこちら側には、闇月邸の庭園が広がっており、清奈の部屋からだと、その門寄りの端っこが見える。門の脇《わき》に植栽された椿《つばき》と桔梗《ききょう》の間にわずかにある草の茂みの手前に、例の〈半月〉が落ちていた。

落ちていた――ように見えた。

だが――目を凝らすと、すぐに違うとわかった。〈半月〉は何かに突き刺さっているのだ。その何かが、人間の身体《からだ》であることが闇の中でもぼんやりと形からわかる。妃奈はその傍らに立って両手で口を押さえていた。手にはバッグ、どうやら今帰ってきたところのようだ。

「行ってみよう」

私たちはこぞって部屋を出た。廊下を走りながら、考えた。敷地内に倒れている人間となると、可能性は二つ。清奈の父親、闇月祿郎《ろくろう》か、祖母の闇月ふみか。闇月ふみは腰痛《ようつう》のせいで寝たきりで、トイレ以外で起き上がっているところを見たことがない。

となれば――。

階段を下りるとき、不意に清奈が私の手をぎゅっと握った。

「潤ちゃん……天罰ってホントにあると思う？」

3

事件現場をみて最初に出てきた感想は、「なんてデコラティブな」だった。被害者は、闇月邸の主《あるじ》、闇月祿郎。その死にざまは何とも芸術的とさえ言えた。

闇月祿郎は、枯山水風の庭園の片隅で、金属製の鋭利な半円の装飾に喉《のど》を刺され、仰向けの状態で亡《な》くなっていた。それは装飾品と呼ぶには、あまりにも危険な代物であった。極めて薄く、弧の部分も、直径の部分も、包丁と同じくらいよく切れそうだ。むしろ、首が完全に切断されなかっただけ被害は最小であったと言いたくなるくらいだった。

死体は直視するにはあまりに無惨《むざん》な状態だった。

だが、目を逸《そ》らしている間も、鼻孔は閉じられない。死体の口や衣類から漂う煙草《たばこ》の臭《にお》いが、死者がついさっきまでは生者であったことを強烈に意識させた。よく嗅《か》げば、口臭対策ガムの匂いも混じっており、その下には微《かす》かに何か食べ物めいた匂いもあって、そのすべてが闇月祿郎の生の時間を刻印していた。

そういえば、闇月祿郎はもともと愛煙家だという話を聞いたことがある。気管支の弱い清奈や煙草嫌いの妃奈の手前、表向きは禁煙していることになっているが、実際は喫煙時に敷地の外に出ている、と清奈が前に教えてくれた。煙草を隠して外出する場面に、私も何度か出くわしたことがある。

だが――もう闇月祿郎が煙草を吸うことはないのだ。

「ざまぁないね」

そう言ったのは、高齢のために曲がった背骨で門の外から様子を窺《うかが》っていた隣に住む光河《みつかわ》家の当主、光河安治《あんじ》。周辺の人物は一応ざっと調査はしている。

安治はさらに聞こえよがしに「天誅《てんちゅう》が下ったわ」などと言う。

すぐに清奈が私に教えてくれた。

「安治さんは先代の火花夫《ひかお》おじいさんと犬猿の仲だったらしいんだよね。若い頃、何か商売始めるたびに火花夫おじいさんが真似《まね》て成功して、安治さんが廃業に追い込まれる的なことが続いたのが原因らしいよ」

それにしてもひどい言い草だ。闇月祿郎は家督を継いだだけで、しかも亡くなったというのに。

「安治さんは、たぶんうちの家紋の由来と掛けてああ言ってるんだよ」

「由来？」

「〈月喰らひ闇夜《やみよ》の門のもと眠る〉っていう和歌が、うちには代々伝わってるの。戦国時代？　とかその頃の祖先が詠《よ》んだらしいんだけど」

「そう……だとしても天誅とは悪趣味ね」

死体には、ほかに外傷はなかった。

私はすぐに警察を呼んだ。闇月家の人々は気が動転してそれどころではなかったから。第一発見者の妃奈は錯乱状態だったし、清奈はそんな母を見たくないようで庭の草花に手を伸ばして懸命に気を紛らせていた。しぜん、警察到着までは私が現場を取り仕切り、押し寄せる野次馬をせき止める役割まで買って出ることになった。

警察が到着したのは通報の十分後だった。交番の巡査が二名駆けつけて現場を確かめ、事件性を判断すると、今度は複数のパトカーが来て、すぐに捜査が始まった。

私たちが玄関のほうへ移動すると、鰹節《かつおぶし》を削ったような縮れ毛茶髪の四十代半ばのスーツ姿の男性が近づいてきて、どうも刑事課の木下です、と短く名乗った。どうやらこの捜査を取り仕切る刑事らしい。

木下刑事は、私たちに事情を根掘り葉掘りと訊《き》いてから、ううむ、と梅干しを食べたみたいな渋い顔をして唸《うな》り声をあげた。

「殺人でしょうね。だが物盗《ものと》りではない、となると動機が気になりますなぁ」などと言いつつ、己の鰹節をいじった。

しかし――鑑識の調べで奇妙なことが明らかになった。実際には禄郎は死亡してから喉を刺されたというのだ。鑑識の人は、禄郎は刺される前に、すでに倒れていた、と断言した。理由は、地面に流れた血痕《けっこん》。通常、勢いよく喉元に刺されれば、流血はかなりの広範囲に飛散する。ところが、禄郎の体の下には一切血痕がなかった。血飛沫《ちしぶき》が上がった時にはすでに倒れていたとしか思えない、と。

これをきっかけに、解剖の必要あり、との判断が下った。その日のうちに死体は解剖される運びとなり、数時間後には最速で結果が現場に届けられた。それによれば、死因はトリカブトによる服毒死であるらしかった。

これがまた、大いに捜査本部を悩ませたようだ。毒殺であれば、なぜ喉元をあんな凶器同然の代物で刺す必要があったのか。

また、邸内のどこにも服毒のための容器が見当たらなかった。

祿郎は玄関に自ら鍵《かぎ》をかけ、門へ向かう途中だったようで、門にも鍵がかかっていた。塀は高く、監視カメラもあって外部からの侵入は難しい。つまり、空の下の密室だったのだ。

トリカブト殺人、密室、加えて——家紋を象《かたど》った半月形の兜飾で喉元を刺す行為から、見立て殺人の可能性も浮上した。というのも、清奈も言っていた例の〈月喰らひ闇夜の門のもと眠る〉という和歌の存在を警察もたちまち把握し、その内容を再現した殺人なのでは、と疑いだしたのである。

木下刑事は己の鰹節を掻《か》きむしり、天を仰いだ。

「意味がわからないなぁ。毒死、密室、見立て殺人、すべてが無価値じゃないか！　むだに贅沢《ぜいたく》！　二流の推理小説でもこんなに本格要素盛らないよ！」

あまりに大きい声だったので、事件関係者としてその場に残って事情聴取を受けていた私の耳にもその嘆きは聞こえてきた。

解放されたのは、十一時過ぎだった。

「家庭教師で通したんだろうな？　本当の仕事のことは……」

闇月邸をあとにして歩いていると、早速上司の澤村から確認の連絡が入った。

「言ってませんよ。当たり前じゃないですか」

「ご苦労。だが、困ったな。せっかくの準備が台無しだ」

たしかに。まったく費用対効果という意味でいえば、わりに合わない。

「これはおまえの責任問題にもなるかもしれん」

「え？　いや、私何も関係な……」

反論しかけた時には、もう通話は切れていた。やれやれ。いざという時に守ってもくれない男は、恋人としては当然落第点だが、上司としてもいかがなものか。

それにしても――日頃から用心深い性格だった闇月禄郎が、一体誰に、いつどこでどのように毒を仕込まれたのか？

その後の無駄にしか思えない演出は一体……？

4

仕事の後は、ジャンク飯をドカ食いする。それが、社会人になってからの唯一《ゆいいつ》のストレス解消法になった。我ながら悲しい解消法だとも思うが、これが存外多幸感がある。
ジャンク飯――言うなれば、炭水化物多め、油たっぷり、高カロリーのドカ食い飯の総称といったところか。まさか自分がこんな危険な〈ドラッグ〉のお世話になるなんて、学生時代の私に言っても信じなかったに違いない。

人生を振り返ってみるに、我が家では〈丼《どん》〉と名の付くものが、食卓に並んだことがなかった。母なんてカレーうどんさえ食べたことがなく、風の噂《うわさ》で聞きかじったレシピをもとに初めて作ってくれたカレーうどんは、カレーライスのルーにうどんが添えてある代物だったくらいだ。たぶん我が家は「きちんとした家」だったのだろう。母は栄養バランスを常に重視していて、一回の食事の品数もやたら多かった。

だから、初めて〈マヨぶっかけチーズかつとじ丼〉を食べた時はもう目がくらむ思いがした。たった数分でここまで充足感を得られるものがこの世には存在していたのか、と。

そんなわけで、ジャンク飯を探し歩くのが日課となった。

毎日ジャンク飯屋を巡った。頼みの綱は、ジャンク飯の専門雑誌『ジャンクフードキングダム』。それでも足りない情報はＳＮＳで定期的に集めた。気が付けば東京都内のジャンク飯屋を網羅する勢いになりつつあった。

そして闇月邸に勤めるようになって一カ月が経《た》とうという頃、『ジャンクフードキングダム』が新規オープン店を採点する〈できたてジャンク辛口採点〉のコーナーで、千駄木にある〈ダー喰屋《クや》〉というジャンク飯屋を扱っているのを見た。アンテナがすぐに反応したのは、その住所が同じ千駄木の闇月邸からほど近かったからだ。

そして今夜、予想だにしない事件に巻き込まれたストレスを言い訳に、私はついにここを訪れることを決意した。だって自分の業務とは無関係に警察の捜査に付き合わされ、この時間まで拘束されたのだ。ストレス発散くらいさせてくれ。

いま思えば、〈ダー喰屋〉に目をつけた時点で、その奇跡はすでに用意されていたのか。そんな気もする。

闇月邸の門を出ると、一本の下り坂が続いている。坂の名前は、闇月坂。まさに闇月邸の威を借りた名だ。その坂を下りきると、団子坂とぶつかる。この辺りはじつに坂ばかり。かつて千駄木に住んでいたという森鷗外《おうがい》や夏目漱石《そうせき》も、さぞやこの地形には苦しめられたに違いない。

その闇月坂と団子坂の交差点に、行列ができていた。と言っても、並んでいるのは三人程度。夜十一時という時間帯のせいもあるだろうが、『ジャンクフードキングダム』での酷評が地味に響いてもいるのかもしれない。

何にせよ、三人待ちならすぐに入れるだろう、と待つこと十分、極度の空腹に加え、長時間の事情聴取に疲れていたせいもあるのか、軽いめまいを起こした。まずい。倒れる先はコンクリートだ。どうにか体勢を立て直そうとする。が、それより早く、私の体を支えてくれた手があった。

「大丈夫ですか？」

長石《ちょうせき》の放つ閃光《せんこう》のごとく小さな、か細い男性の声。しかし、そんなささやかな声でも、長年耳にしてきたあの唯一無二の聖なる声だと、すぐ分かった。彼の声を聴き間違えるなんて、万が一にもあり得ない。街頭のテレビだろうが何だろうが、彼の声が聞こえたら誰かと話し中でも反応できる自信がある。

「お、王子？」

思わず声に出し、振り返って、今度は声を失った。私の体を支えていたのは、サングラスとマスクに、帽子までかぶった覆面に近い男性。でもそんな変装も、長年のファンの目を欺《あざむ》くには不十分だ。

「あの……あの……あの……ふぁ……」

ファンです、と言おうとしたが、その口を、手で押さえられた。

「しゃべらないで、まだじっとしてたほうがいいよ」

5

王子――こと、天草茅夢《あまくさちむ》は、私の唇にもう一度ゆっくりと人差し指を当てた。まるで、悪魔が絶対に破ることのできない魔法の誓約を取り付けたみたいだった。

私の人生の二十七年目には、とんだ奇跡が控えていた。

「でも、あの、ほんとに、もう大丈夫ですから……」

「そう？　顔色、まだよくないよ？」

「いえ、本当に、もうすっかり……」

私は自力で立ち上がった。私の背中を支えていた王子の手が、ようやく離れた。思い切って、尋ねた。

「あ、あ……あの……ジャンク飯、お好きなのですか？」

「ん、そうだね、うん、好き」

王子は三回頷《うなず》いた。バラエティ番組やインタビューの中で見てきた、王子特有の細かな動き。本来、頷きは一度でいいはずなのだけれど、たぶん王子のなかでは意味が細分化されている。一度目は自分自身への頷き、二度目は目の前の相手に向けての頷き、三度目は大スター・天草茅夢の公式見解としての頷き。

それを受け止めるこちらも、自然と三回頷いていた。

「なんか、意外です……ジャンク飯なんて……」

「フォークとナイフもってフランス料理ってイメージだった？」

「ええと、まあ……はい……」

「何でも食べるよ。雑食。でも今はジャンク飯かな。他は攻略し尽くしたから。前の事務所の社長がね、こういう仕事なら一流の食事をしろってうるさくて、昔からそういう場所ばっかり連れて行かれてたんだ。だから世界各国の高級料理はおよそ知り尽くしたけど、ジャンク飯だけ攻略してなくてね」

〈前の事務所〉というのは、芸能界の最大手・ネニ事務所のことだ。ネニ事務所は多くの男性アイドルや俳優が所属しており、三年前まで、王子はそこの花形といえるポジションにいた。そこから退所し、紆余《うよ》曲折を経て現在はアイドル的な人気を兼備した個性派俳優として引く手あまたの存在となっている。

「攻略、ですか」

「うん。ジャンク飯ってさ、まだ不定形なんだよ。歴史がないから何でもありだけど、傍からジャンク飯と見られなかったらジャンク飯じゃない。唯一の基準といえば、ジャンクという語の定義だろうね。ジャンクって言葉には〈無価値な〉とか〈二級品の〉みたいな意味がある。だから、常識的に考えて無茶な料理だったり二級品に見えたりすれば、ジャンク飯ってことになるんだろうけど、でもこれは自己矛盾を孕《はら》んでいるよ。だって、人を夢中にさせるジャンク飯が無価値であるわけもなく、ましてや二級品なんて呼べるわけないいんだ。人を夢中にさせたら、それはどんな創作料理であっても一級品。だから、僕はジャンク飯をこう定義している。すなわち、〈やみつきになる要素てんこもり料理〉」

「やみつきになる要素てんこもり料理！　……た、たしかに！　それこそジャンク飯の本質ですね……」

「あなたは、なぜこの店を訪れたの？」

推しに〈あなた〉と呼ばれた事実に興奮と困惑が同時に訪れていた。この〈あなた〉、たぶん今夜脳内再生百回くらいしそうだ。

「ああ……それはあの、星野司《ほしのつかさ》がこの店を酷評していたからです」

「え？」

『ジャンクフードキングダム』誌の人気コーナー〈できたてジャンク辛口採点〉を担当しているのが、ジャンク飯評論家の星野司。ジャンク飯伝道師としても名を馳《は》せる彼は、かなりの辛口レビュアーだ。星野に酷評されるとマニアが離れる側面もある。

「今月号で、星野司がこの店のことを酷評していたんです」

「酷評されていたのに、なんで来たの？」

王子は本当に意味がわからなそうに尋ねた。そうか、たしかにここの心理は説明が必要かもしれない。

「私にとって、ジャンク飯を扱っているお店はすべて推しなんです。いわゆる箱推《はこお》しってやつですね。だから、星野司の愛のないレビューで汚《けが》された店には、必ず行くことにしてるんです。少なくとも、自分の舌で確かめないことには」

「ふうん。えらいね。最近じゃ、自分の舌で確かめるなんていう当たり前のことを誰も知らないのに」

「王子……あ、ごめんなさい……あま……」

と名前を出しかけてまた口を手でふさがれた。ひんやりとした掌《てのひら》だった。

「いいよ、王子で。恥ずかしいけど」

「わ、私もそのほうが助かります……。王子はなぜこの店に？」

「僕はね、単に好きだから。オープン以来、もう五回は来てるかな」

まだオープンして間もない店に五回も？　それだけで深い愛情が伝わる。やっぱりこの店は、星野司の酷評なんかを撥《は》ねのけるだけの名店なのに違いない。

「とりあえず、この店に来た以上は、〈やみつき温玉《おんたま》唐揚げ炒飯《チャーハン》〉は食べたほうがいいよ」

「看板メニューですよね。星野司は貶《けな》してましたが」

「まあ、美味《おい》しいものは誰が貶そうと美味しい。でもそれもこれも、自分の舌で確かめないと。でしょ？」

「はい」

思いがけないところに理解者がいて、私は嬉《うれ》しいやら当惑するやらで、何ともふわふわした気持ちだった。

何はともあれ、いよいよ〈やみつき温玉唐揚げ炒飯〉への期待が膨らんできた。ところが——。

「今日はこちらのお客様までとさせて下さい。申し訳ありません」

何と、我々の手前でちょうど制限をかけられてしまったのだ。

「え、うそ……そんな……」

がっかりしたなんてものではなかったが、それ以上に王子の態度が気にかかってちらっと見やった。

王子は——表情は見えぬものの、今にも人を斬《き》り殺しそうな殺伐としたオーラを発していた。

「あ、あの……べつのお店に行きませんか？　私、ジャンク飯の店けっこう知ってますから」

私は王子のご機嫌を窺うように恐る恐るそう言った。言ってから、あれ？　私、王子を誘っている？　と思ったけれど、その瞬間は展開としてそれが自然な気がしたのだった。

だが、王子は予期に反してこう答えた。

「いや、今日はジャンク飯はやめる。カフェでお茶でもどう？」

6

テキトーに入った深夜までやっているチェーン店のカフェで、私たちはカウンター席に並んで腰かけた。だけど、ずっと夢の中にいるみたいに、ふわふわして全然落ち着かない。

「なぜ、ジャンク飯をやめてしまったんですか?」

「今日の僕の胃袋は、〈やみつき温玉唐揚げ炒飯〉に捧《ささ》げるって決まっていたからだよ。代わりのジャンク飯で代用なんて利《き》かない。それなら、いっそカフェでサンドイッチでも食べたほうがマシだ」

潔《いさぎよ》いというべきか、ジャンク飯への執念がすごいというべきか。

「くそ、くそ、くそ、くそ……」

「……王子、あの、貧乏ゆすりが……あと、声も……」

長い足を組んでいる王子の黒革靴の先端が、小刻みに揺れていた。そして、呪詛《じゅそ》のように小さな声で連呼される「くそ」に、私はあたふたせざるを得なかった。推しのこんな側面、周囲に知られたら一大事である。世の中、どこに敵が潜んでいるとも限らないのだ。

「ああ……ごめん……つい……」

それにしても、そこまで王子がこだわった〈やみつき温玉唐揚げ炒飯〉とはいかなるものか。かの『ジャンクフードキングダム』の星野司レビューによれば、ほぼ言葉のとおりの料理ではある。強火でカラッと炒《いた》めた炒飯に、揚げたての唐揚げ、最適な柔らかさの温泉卵が乗った、超高カロリー飯。ポイントは、ひとロサイズの唐揚げが等間隔に配されているところ。これにより、炒飯と唐揚げを同時に食べることが可能となる。また、最初から温泉卵を混ぜるか、途中から混ぜるかによって味わいが絶妙に変わってくる。

店長のおススメは最初から温泉卵を全体に混ぜ、半分食べたらさらに〈追い温玉〉を加える――らしい。

だが、星野司はこのように一通りの説明をした後でこう続けている。

〈しかしこの料理は結果的に残念な仕上がりになっている。パンクロックだからと言って各楽器が爆音を鳴らせば音楽になるわけではない。しょうじき、よほどの物好きでない限りは行く価値がないだろう〉

そうして、最後に★一つをつけている。もっとも、このコーナーでは★二つ以上がついているのを見たことがない。読む人も、その毒舌ぶりを楽しみにしているだけで、グルメサイトのクソレビューとこれを同じに扱ってはいけないとは思うが、それにしてもひどい。

前半の説明部分だけで私などは涎《よだれ》が垂れてしまいそうな勢いだったので、むしろ後半の星野司のレビューを鵜《う》呑《の》みにしたくなかった。自分のこの舌で確かめてみたいと強く思ったのだ。

　メニューを眺めながら、王子がマスクを外した。薄い上下の唇が、蝶《ちょう》の羽のように軽やかに開いて水をごくごくと飲んだ。神殿の中に忍び込んで禁断の舞台裏を目撃したみたいに、私はその様子を瞬《まばた》きすらせずにじっと見つめてしまった。

「ん、どうしたの？」

「いえ……あの……尊いなぁ……と」

「あなたも、尊いよ」

「え、いや……わ、私なんてただの庶民ですし、どうでもいいのです。推しを推す時、私という存在は透明人間なのであり……」

「でも僕からは見えてるよ。あなたはたぶん僕より年上で、おそらく調査系のお仕事をしていて、友達は少ない」

「な、なんでそんなことまで？」

「年齢は、まあ見たまんまだけど」

「それはそれで傷つきます」

「大人っぽいって、悪いことなの？」

「そうじゃないですけど……ちなみに、なぜ調査系の仕事だと？」

　しょうじき、調査系という単語が出てきた時は肝が冷えた。

「状況把握のためだろうけど、視線の動かし方が異様に速いんだよね。今もカフェに入ってから四方に素早く視線を動かした」

「それは、周囲の目を気にしない王子の代わりに、気を使ったからです」

「かもね。でも、職業病というか、機敏さがちょっと違う。それに、肩の辺りの厚み。シャツの下に着ているものを悟られないように、夏なのに少し厚めのシャツにしているよね。たとえば、防弾チョッキみたいなものを。つまり、あなたの職業は危険と隣り合わせ」

「……ノーコメントですね。マネージャーを通していただかないと」

王子は笑った。渾身《こんしん》の誤魔化しがギャグとして捉《とら》えてもらえて、私もホッとした。とはいえ、鋭い。いささか、鋭すぎる。もしかして私は良からぬ相手とめぐり合ってしまったのではないか？

「そうだ、名前、聞いていい？」

「わ、私ですか……昼野《ひるの》潤子《じゅんこ》と申します」

「なるほど、潤子さんね、潤子さん、潤子さん、と」

王子は歌うように私の名前を三回唱えた。

「……すみません、もう一度呼んでいただいていいですか」

「え、潤子さん……？」

「くぅ……これ、夢じゃないんですよね……」

推しに自分の名前を呼ばれるなんて。こんな領域突破みたいな出来事が起こっていいわけがない。私の人生としてはあまりに贅沢すぎる。まさかこの先永遠にいいことがないとか？　そういうことなんだろうか？

「それより、早く注文しよう。潤子さんも僕も空腹だと思うけど？」

「そ、そうでした」

「そう言えば、さっきあの店の前で並んでた時、何度か闇月坂の上にパトカーが行き来してたね。何かあったのかな。あれは盗難とかのレベルを超えていたと思うけど」

「あれですか……あれは、まさにジャンクな事件でしたよ。王子の再定義による〈やみつきになる要素てんこもり〉という意味で」

「え、潤子さん、何か知ってるの？」

サングラスの奥で、王子の目が、なぜか不思議に輝いたのを見逃さなかった。王子は、食べ物でなくても、とにかくジャンクなものに目がないのかも知れない。

私は、闇月邸の事件について、その全貌を王子に伝え始めた。

7

王子に伝えたのは、私が目撃した情報、警察の捜査のあらまし、闇月邸の構造、さらに被害者、闇月祿郎の人となりについてだ。

私が清奈から聞いた話では、闇月祿郎はもとは大規模チェーンのフラワーショップ〈セカフラ〉の社長である先代の闇月火花夫の秘書だった。それが、長男・栄一が不祥事で逮捕され、直後に火花夫が亡くなり、祿郎がその養女であった妃奈と結婚する形で跡取りとなったのだった。愚息に呆《あき》れた火花夫からの遺言も後押しをした。

ちなみに、その栄一の不祥事は、未成年買春だった。

そうして栄一に代わり栄華を築いた闇月祿郎は、いまや〈セカフラ〉の運営を部下に任せて自分は会長の座に収まり、優雅に一日中部屋でジャズを聴いて過ごす人生を謳歌《おうか》していた。

今日までは——。本人もあんな凄惨《せいさん》な死を迎えるとは想像していなかったろう。

闇月邸は大邸宅といっていい広大な敷地面積を誇るが、部屋数自体は６ＬＤＫと少ない。一階は居間を除いて四部屋あるが、二階はたったの二部屋。したがって二階から見ると、一階の屋根がスカートみたいに優雅に広がって見える。

出入口は玄関以外にもう一つ、北側に勝手口があり、勝手口を出るとそのまま裏門から出られる。しかし勝手口から庭園へ出ることはできない。敷地の南北は、隣家からの目隠しのために植えられた竹柵《ちくさく》に仕切られ、人間の通る隙間《すきま》がない。だから、闇月祿郎は玄関に鍵をかけ、正門に向かう途中だったとしか考えられないのだ。

その屋敷の一階部分には、闇月ふみが寝たきりでいる以外、今夜は誰もいなかった。妻の妃奈は娘の学校のPTA役員の会合で出かけていた。

私が夜七時に屋敷を訪れた時、門の脇のインターホンを鳴らすと、〈入りたまえ〉とスピーカーから祿郎の声がして自動解錠してくれた。その後、中に入り、玄関先で出迎えてくれた清奈と二階へ。その段階では、闇月祿郎は室内にいた。そして勉強が始まって三十分ほど経ったところで、例の叫び声が上がった。PTAの役員会から帰ってきた妃奈が門を解錠して中に入り、庭の片隅の死体を見つけて叫んだのだ。

ちなみに、正門の外側には監視カメラがあり、私が訪れてから、妃奈が帰ってくるまで、その門を通った者は皆無。

死体発見時刻は、夜の七時三十一分。死亡推定時刻はそれより前、七時から七時半の間、と警察は見当をつけていた。死体の状態と私の証言から総合的に判断したものらしい。私が来た七時の段階で死体はなかったし、インターホンで祿郎が確かに受け答えをしている。

「なるほど。それはなかなか、ジャンクな事件だね」

王子の目は、部屋の隅に蜥蜴《とかげ》を見つけた猫みたいに好奇に満ちていた。それから王子はサンドイッチを頬張った。

「ジャンク……やっぱりジャンクですか、この事件」

自分でもそうかな、とは思ったが、王子に認定されて同じ感性であることが嬉しくなった。

「ミステリマニアがやみつきになる要素てんこもりの殺人事件。まさにジャンク。だって、ふつう毒殺の手口が問題にされるところを、一見不要な密室が絡《から》み、さらにわざわざ見立て殺人に見せるなんて馬鹿《ばか》げているよね。かつ丼に餃子《ギョーザ》とスペアリブをトッピングするくらいジャンク」

「たしかに、そうですね、ジャンクな事件です。でも、現実の事件ですからね、そうそう喜んでばかりもいられません」

私は紙に謎《なぞ》を一通りまとめて書いてみた。
●犯人はどのような方法で毒を摂取させたのか。
●なぜ空の下の密室という状況だったのか。
●犯行が庭園で行なわれた場合、犯人はどうやって逃げたのか。

●死亡後に、半月形の飾りで首を刺した意味は？
こう書いただけでも、いささか「盛りすぎ」の感が否《いな》めない。

「潤子さんはどう考えるの？」

「……何をですか？」

「だから、そのジャンクな事件に合理的な解決はつくのかな？」

「そうですね……」

考えながら、なかなか名案は浮かばない。しかし、次の瞬間何かがパッと開ける。人間、誰しも推しを前にすると、人生で一度くらいは名探偵になれる瞬間があるのかもしれない。

「一つ――この奇妙な事件に糸を通すロジックがある気がします」

私は珈琲《コーヒー》を飲んだ。王子もそれに合わせるようにココアを飲む。ココア。王子が夜にココアを飲んでいる。その事実、ココアより甘い。そんなことを思いながら、私は己の考えを披露する。

「こういう時、遡及的推理法《アブダクション》がよいのではないかって思うんですよ」

「アブダクション？」

「要するに、おしまいから遡って犯人の動機や犯人自身に到達する」

「推理小説によく出てくるね。でもそのやり方、今回に適用できる？」

「やってみますね。まず、帰結は刃物同然の半月形の装飾――以後〈半月〉と呼びましょう――が首に突き刺さった死体が発見されること、と仮定してみましょう。これが犯人の目的の最終到達点で、犯人の何者かに向けたメッセージとみることができると考えます」

「なるほど。つまり、〈闇月祿郎は家の象徴に殺された〉というメッセージを発信したかった。しかし、飾りを使った方法は確実性に欠けるために、確実性のある毒死が選ばれたってことだね？　その場合、殺人だと思われて構わないことになる。なのに、わざわざ密室にしたのは何故《なぜ》？　通常、密室にこだわるのって、自殺に見せたいからでしょ？　だけどあの死に方では誰も自殺だと思わない。門の鍵がかかったままなら、犯人は身内と白状しているようなもの。玄関の鍵なんて内側から閉められるわけだから」

「そこなんですよ。それこそが犯人が、門と玄関の施錠された密室空間を作り出した理由なんです。つまり、犯人は警察の目を闇月邸の内側に向けたいわけです。自分が、外側からやってきたから」

「でも門には鍵がかかっていた」

「門の中に入る必要はなかったとしたらどうでしょう？」

「……というと？」

「犯人はまず、何らかの方法で被害者に毒を摂取させます。もしかしたら、そのときにはいったん監視カメラに映らない出入口から屋敷に入ったのかもしれません。でも、その後、また監視の目を潜《くぐ》って屋敷を出ます。そして門に鍵がかけられてから、屋敷の庭におびき寄せます。ちょうど毒が効いてきた被害者は、庭先で倒れます。そこに、門の外から梯子《はしご》を使って――」

「門の屋根の上の〈半月〉を投げて喉元に突き刺した、と。だけど、監視カメラの存在はどうなってしまうの？」

「きっと監視カメラにも死角があるんじゃないでしょうか」

「死角はあるだろうね。でも、死角を見つけてまでする意味があるのかな？　これがドラマの脚本なら、僕は役を降りるかも」

　さすが月9俳優ならではの観点、と感心している場合でもない。

「ジャンクって中毒性がてんこもりなだけで、意味は要らないんじゃないですか？」

「社会的にはそうだけど、個人的には意味がある。ジャンクってそういうもんでしょ？　ジャンク飯って好きな人間にとっては、健康とかダイエットとか体面とか世間のつまらないあれこれを超えた贅沢料理じゃない？」

「ああ……そうですね……じゃあたとえば、闇月家そのものを嫌っている近隣の住民なんてどうでしょうね？」

「家そのものを――？　それは、面白いね」

「犯人は闇月祿郎を殺そうと考える。でも、毒殺が成功して、なおも〈半月〉を刺す行為は、家柄を穢《けが》す——つまり〈家〉を殺す——ことが主眼にあるのでは、とも考えられませんか？」

この解釈は、どうやら王子の興趣を大いにそそったらしかった。王子は満足げに頷きながら、こう言った。

「すると、〈家〉を殺すのに、ふさわしいだけの動機をもった犯人が必要になるね。個を超えて、〈家〉と〈家〉の因縁のあるような何者か。そんなものが仮にいたとしてだけれど——」

そう言われて、思い出すことがあった。

「そういえば、隣に住んでいる光河家とはずいぶん仲が悪いです。闇月家と長年の犬猿の仲である光河家の主人が、その家系憎しで主を〈半月〉を使って殺害する——これならいかにもありそうです」

「なるほど。その方、年齢は？」

「腰も曲がってますから、七十は超えてるとは思いますが……」

「今回の犯行の実行者に想定するには、ちょっと高齢かな。刺殺や首絞めならまだしも、そんな曲芸じみた真似ができるだろうか？」

「ああ……たしかに」

王子はココアを飲み干すと、歌うように続けた。

「事件がジャンクな装《よそお》いの下に隠してる本質をよく考えないとね」

それから、音もなく立ち上がり、トレイを下げた。

「ちょうど迎えが来たみたい。この推理の続きは、また近々」

見れば、店の外に赤のアルファロメオが停まっていた。

8

「また近々……っていつですかね……」

王子と別れた後、コンビニのおにぎりをむしゃむしゃと食べて自宅に戻ってからも、もやもやしたやり場のない感情が胸中を漂っていた。いろいろ消化不良だ。まずあの殺人事件に対するもやもや。謎が解けそうで解けない、知恵の環《わ》みたいだ。隣家の光河安治が犯人だと私は思ったけれど、たしかに王子の指摘するとおり犯人像としてはやや高齢すぎる。

ならば——いっそ内部の人間か？

あの時、邸内にいたのは、私と一緒に勉強していた清奈のほかには、母親の妃奈、寝たきりの祖母、ふみ。いちばん怪しいのは、第一発見者の妃奈だろう。第一発見者の彼女が門に鍵がかかっていた、と証言したことで〈密室〉となったが、そもそも彼女自身は解錠できるのだ。解錠して庭に入って殺した後でもう一度鍵をかけ直すことも――いや、監視カメラには妃奈が二度も出入りする様子はなかった。彼女は五時前に出かけてそれきりだったわけだから。それにＰＴＡの役員会が直前まであったというアリバイもある。

ダメか。

そもそも玄関のドアに鍵をかけたのは犯人か、被害者か？

もし被害者なら、玄関に鍵をかけたということは、庭に用事があったのではなく、これから出かけようとしていたはずだ。

しかし――被害者は財布など持参していなかった。

あまり遠出する予定はなかったのだろう。

そして、門に向かう前に、具合が急変して死亡――。だが、警察は毒殺の方法がわからないと言っていた。毒殺に利用した容器も、あの屋敷からは発見されていない。

「じゃあやっぱり祿郎は一度外に――？」

監視カメラのない、北側の勝手口から出ている可能性もなくはないか。そう考えて、死体が煙草臭かったことを思い出す。祿郎は、清奈や妃奈の手前、邸内では禁煙していた。だから煙草を吸うためにこっそり一度勝手口から外に出て、戻ってきたのか。

だとすると、一度戻ってきた後、今度は正門から出ようとしたのは何故か？　それを考えた時、私の中にある推理が浮かぶ。それは、今脳内にばらばらに散っている点を見事に線で結ぶものに思えた。

「まさか……いや、そんなはずは……」

閃《ひらめ》いて安堵《あんど》したせいか、不意に、空腹に気づいた。私は自分一人のために、自宅で簡単にできるジャンク飯を作り始めた。まずカップヌードルにホットミルクを注いで蓋《ふた》をする。待っている間に、フライパンにたっぷりの油を敷き、細かく刻んだソーセージとスライスチーズを炒める。三分経ったら、カップヌードルを大きな皿に移し、そこにフライパンで炒めたチーズソーセージをトッピング。これでクリーミーチーズヌードルの完成。酒のお供にするなら、唐辛子を加えるのがよい。

ひと口食べて、思わず「うんま……！」と自画自賛する。それからプシュッとビールを開け、見逃し配信の一覧を漁《あさ》った。今日は天草茅夢主演ドラマの第一回放送日なのだ。

今回の役柄は、IT社長の女性に恋をする熱血新入社員。年の差も身分格差も経済格差もある二人がさまざまな障害を乗り越えていく、というラブストーリーなのだろう。

エレベータで二人きりで乗り合わせるお決まりのシーンで、何だか今まで以上にドキドキしている自分がいた。一方で、こうも思った。ああ、あれは夢じゃなかったんだよなぁ、やっぱり。あの水を飲むためにマスクをとった時の口元――。できれば目も見たかった。でも、それは贅沢というものか。

SNSを開いて、今日の出来事を一文でまとめて呟《つぶや》いた。

〈やみつき温玉唐揚げ炒飯食べそびれた。でも奇跡あったし許す〉

本当は素直に書きたい。誰か聞いてくれ、天草茅夢が私の名前を呼んだんだよ——と。でもそれはどこにも書かずに胸にしまった。書いたら、それこそ何もかも嘘《うそ》になってしまう気がしたのだ。

9

翌日、また闇月清奈に勉強を教えるために、闇月邸に向かった。本当は数日空けようか、と清奈に言ったのだが、オヤジが死んだくらいで潤ちゃんと会えないのはつらい、という喜んでいいのかどうかわからないことを言われ、こうして今日も勤務する運びとなった。

行きの道すがら、澤村から連絡が入った。

「いまの案件は危険な匂いがしてきた。おまえはカモにされてる」

「どういうことですか？」

「とにかく、もう今日は行かないほうがいい」

「言ってる意味がわかりません」

「あの屋敷へ行ったら、おまえが犯人にされるかもしれないんだ」

「そんな……」

「考えてみろ。いまの状況で、誰がいちばん怪しいと思う？　外部からの侵入はない。となれば、おまえが七時に被害者に門を開けてもらい、庭先で被害者を殺してから何食わぬ顔で玄関で清奈に迎えてもらった、と考えるのがいちばん妥当だろ」

「え……？　だ……だって……」

動悸《どうき》が激しくなる。その展開はまったく想定していなかった。

「いま闇月邸の前で刑事が張ってる。もし捕まれば、我々の任務も中断せざるを得ない」

「わ、私はどうすれば……？」

「昨日、警察には本当の住所は言ってないんだろ？」

「もちろんです。先日訪れた無人アパートを書いておきました」

「よくやった。あとは、自宅で待機しろ」

電話は切れていた。

私は坂を見上げた。清奈、ごめんよ、と私は内心で呟く。まさかこんな事態になろうとは。ため息をつきつつ引き返した。

そのタイミングで、ぽつぽつと雨が降ってきた。だが、この雨がある意味で私にとっては助け船となった。というのも、雨は一気に土砂降りとなり、それを予想していなかったらしい〈ダー喰屋〉の前に並んでいた人々が、退散しはじめたのだ。何という幸運。私は携帯していた折り畳み傘をさし、列から離れていく人の群れをかき分けて二番目に並んだ。その前には、黒い傘の下で黒い帽子、サングラス、マスクをつけた人がいた。

え？　まさか——？

「お、王子……？」

「あれ？　奇遇だね」

王子が私に手を振った。今日の王子は黒革帽子に黒マスク、黒Tシャツ、黒パンツと全身黒に統一しているなか、サングラスだけがピンク色だった。なんだか、かえって目立つしバレてしまうのでは、と気が気じゃない。何しろスタイルもいいし、オーラがすごいのだ。

「……やっぱり昨日食べられなかったのが心残りで」

本当は、急に上司に闇月邸に行くなと言われて手持ち無沙汰《ぶさた》になっただけだ。もちろん、ジャンク飯は食べたかったけれど。

「潤子さんもかぁ。僕も昨日は眠れなくてね」

名前まで覚えていてくれたことに感動しつつ、店内に入った。

ほどなく、レモン水を持ってほっそりとした男性が現れた。店主だろう。とてもジャンク飯屋の主とは思えぬ爽《さわ》やかな風貌だ。

「いらっしゃいませ。それではご注文を……」

店主が最後まで言い終わらぬうちに、注文を口にしたのは、果たして王子が先だったか私が先だったか。

「やみつき温玉唐揚げ炒飯！」

「〈やみつき温玉唐揚げ炒飯〉を二つですね、かしこまりました」

店主が去ると、王子は私に言った。

「そうだ、昨夜の事件の話、もう少ししてみる？」

「いいですよ」

私はレモン水を飲んだ。ほんのりとした酸味のある冷水が、喉の渇きを潤《うるお》してゆく。

「最初、私はお隣の光河安治さんが犯人だと思っていました。でも、王子に年齢のことを言われてからいろいろ考えまして。それで気が付いたのが、死体発見時に、煙草臭さを感じたことです。屋敷の中は禁煙で、そのルールは守られていました。ということは、闇月祿郎は一度、屋敷の外に出ている。そこで考えたんです。ただ単に煙草を吸いに外に出たのか。それとも――より煙草が美味しく感じられるような場所に行ったのではないか、と」

「より煙草が美味しく感じられる場所？」

「たとえば――脂《あぶら》っこい料理の出る場所。この店みたいに」

「……なるほど。すると、潤子さんの想定する犯人は？」

王子がそう言った時だった。ちょうど、厨房《ちゅうぼう》から、さっきの店主が現れた。さっき同様、とても高カロリーな創作料理を開発した人間とは思えないほど、落ち着いた空気を纏《まと》いながら。

その時、若い猫背の男性スタッフが料理を持ってやってきた。

「お待たせしました。〈やみつき温玉唐揚げ炒飯〉です」

じつに匂いたつ料理だった。そして、その瞬間、私は本当に確信したのだった。彼が去ると、私は小声で言った。

「犯人は――この店の店主です」

10

「面白いね。そう断言する理由を教えてもらえる？」

「もちろんです」

「でも、その前に――料理はできたてのうちに食べるのが礼儀」

「ですね」

その料理は——テーブルに置かれた瞬間に、大蒜《にんにく》と紫蘇《しそ》と梅が渾然《こんぜん》一体となって香り立った。すぐそばで匂いを嗅ぐと、不思議なことにこの三者が意外にも共存している。主張し合わない。互いがパワーバランスを保っているのだ。

しかし、想像を超える大盛り具合に、若干腰が引けたのも事実。私が日頃食べる量の約二倍はある。これ、完食できるだろうか、とさすがに不安がよぎる。というか、私よりも細そうな王子は大丈夫なんだろうか。王子を見やると、すでに蓮華《れんげ》を手にとり「いただきます」と食べ始めている。私も遅れをとるまいと蓮華を握った。

たっぷり掬《すく》って鼻先にもってきて、おや、となった。紫蘇と梅の香りもさることながら、よく見るとアクセントになっているのが、微塵《みじん》切りのレタス。ジャンクなだけではない。このボリュームを最後まで食べさせるだけの創意工夫がさりげなく施されている。

ひと口食べた——と思った瞬間には二口めをすぐに掬いはじめていた。唐揚げから溢《あふ》れ出る肉汁が、大蒜の刺激と紫蘇と梅のさわやかさを伴い、口のなかで高次元にブレンドされ化学反応を起こす。

今度は、温泉卵を軽くかき混ぜて食べる。

「これは……」

温泉卵のとろけるような濃厚な味わいが全体を包み込んで、翻《ひるがえ》って罪の意識に苛《さいな》まれそうなほどの祝祭感に満たされた。

　まったく、噂にたがわず品性とは縁遠い料理。

　だけど——非常に贅沢で、よく考えられてもいる。

　そして、たしかに、やみつきになる味。

「そう、王子、私が死体から嗅いだのは煙草の臭いだけじゃなかったんです。口臭対策ガムのようなスーッとする匂いも同時に嗅いだのです。それと、食べ物の匂いも微かに」

「では、何かを食べたことを誤魔化すために？」

「その時は何の匂いかわからなかったんですが、今この料理を食べて、あの時の匂いが大蒜と紫蘇の混ざった匂いだったと分かりました。じつは、なぜこの店のメニューには〈やみつき〉と付いているのかずっと疑問だったのです。坂の名前からとるなら、団子坂のほうが何倍も有名です。もしや闇月邸との因果関係が——と」

　レモン水を飲むためにマスクを外した王子の顔に、笑みが浮かんでいた。好奇心に満ち満ちた笑みだった。

「面白い推理だね。でも、正門の監視カメラに被害者が出入りする様子は映っていなかったんでしょ？」

「闇月祿郎は外での喫煙自体に罪悪感があるので、喫煙時は勝手口から出て、同じく勝手口から戻っていたのでしょう」

「なるほど。庭園にはどうやって回ったの？　北側の門から南側には竹が邪魔をして入れないんだよね？」

「一度、屋敷に入って内部を通り抜けて玄関を開ければ可能です」

「でも、そこで〈半月〉に刺される演出まで、ここの店主に計画することができたかな？」

「その点は、店主の想定外でした。これは以前実際に聞いた話ですが、毒性の物質を摂取した場合、身体がその毒を本能的に体外に出そうとするそうです。つまり、毒で体に痺《しび》れが走り、悪寒《おかん》、嘔吐《おうと》、とさまざまな症状に一気に襲われたさなかに、のたうちまわりながら庭にやってきて、門の〈半月〉を取り外し自ら喉を切り裂く――」

「毒の苦しみから逃れるためにってこと？」

「そうです。しかし、喉を切っても即死にはならず、結果的に毒の到達が先だったので、死因は毒死となるわけです」

「なるほどね。犯人は料理人で、二度目の演出過多な殺害は被害者自身の手によるもの、ということか」

それから王子はしばらく考えるように黙った。

そして――唐突にこう言った。

「でもね、それだといくつか腑《ふ》に落ちないことがある。潤子さんはたしか、昨夜訪れた際、門をくぐるときに〈半月〉を見なかった気がする――と言ってたよね？」

「ええ……」

「つまり、潤子さんが訪れたとき、すでに〈半月〉は外されていた。それなのに、なぜその〈半月〉で自ら喉を斬ることができるの？」

「それは――」

そうか、七時の時点で〈半月〉がなかったということは、その段階で、誰かが外していたことを意味する。

誰が――？

もちろん、犯人が、だろう。

「それに、被害者が毒の苦しみのさなかに玄関に鍵をかけることまで思いつくとも思えないよ。そもそも、鑑識は喉を刺されたのは死後だと断じているわけだし」

「ううむ……それもそうですね」

「ただし、いまの推理はとてもよくできていて、部分的には僕も同じことを考えていたんだ。店主は犯人じゃないけどね」

推しと同じことを考えていた――それがたとえ殺人事件の推理であっても、この上ない幸福には違いなかった。

11

王子は、ことの真相を語り始めた。

「この店の店主が犯人ではないと思う理由はもう一つあるんだ。毒が回るのには個人差がある。もしかしたら店を出た直後かもしれないでしょ。そうしたら、警察はすぐに店の料理を疑うんじゃないかな。そんな危ない橋を渡るはずがないよね」

「そうか……たしかに……」

私は毒が回ったのが庭園だったという結果から推理したが、考えてみれば、解剖したり、財布のレシートを見れば、すぐに警察はこの店に辿り着いてしまう。そんな危険を店主が冒すわけがない。

「では一体、誰が——」

「さっき、〈口臭対策ガムみたいな匂い〉もした、と言ったよね。それって、薄荷《はっか》のような匂いを嗅いだってことじゃない？」

「あっ……そうです、鼻がスースーする感じの」

「でも口内にガムはなく、ガムの包みも発見されていないでしょ？」

「んん、鑑識が正式に何を回収したのかまではわからないんですけど、とくにそういったものが回収された様子はなかったです」

「ということは、それはガムではなかった」

「飴《あめ》かもしれません」

「かもね。でも包み紙はどのみちどこかに残る。僕は警察の捜査を百パーセント知らないけど、仮に、それがまったくどこにもなかったと仮定した場合――なぜ香草系の匂いがしたのか？」

「……なぜでしょう？」

「そして、そもそもどこで被害者は毒物を摂取したのか？　じつは、亡くなったのが庭先である理由、さらにそこで、倒れて〈半月〉に刺されたのも、すべてつながっているんだ。というか、むしろそれらの事実によって――一気に犯人まで特定されたと言えるんだよ」

「ど……どういうことですか」

私は警察がいま私を疑っているらしいことを気づかれまいかとひやひやしていた。これで王子まで「犯人は潤子さんですね」とか言い出したらどうしようと思っていたのだ。

だが、王子は次のように語りだした。

「仮に飴もガムも食べていないのに、口内からスーッとする匂いがしたとしたら、結論は一つ。彼は庭先に生えている香草、たとえばミントの葉のようなものを食べたんじゃないかな」

「えっ……」

そう言われて、不意に思い返す。

椿と桔梗の間に緑の生い茂るエリアがあった。その前で、祿郎は倒れていた。

「ミントが……ありました」

「ミントは、べつだん水やりなどしなくても、一度根付けば自力で育ってくれるたくましい植物だ。そして、あらかじめ植栽計画に組み込まれたりもしない。そんなことしなくても、どこからともなく勝手に生えてくるから。だから誰にでも手軽に育てられる」

「つまり、誰かが庭先にミントを植えた、と」

「その人物は、目的意識をもってミントを植えていた。それは――」

「煙草の匂いを誤魔化すため……ですね？」

「そういうこと。そして、そんなことを考えるのは、喫煙者自身。被害者の闇月祿郎が植えたものだろう。だから、彼は勝手口から外に出て煙草を吸って帰ってくると、室内を通って玄関に鍵をかけてから外に出て、庭先でミントの葉を噛《か》んでから門の外を散策して、口臭が消えるのを待つ習慣があったんじゃないかな。そして、犯人はその習慣を熟知していた」

「熟知していて――それで、どうしたんでしょうか？」

「もちろん、殺害方法にその習慣をうまく取り込んだんだよ。ハーブの葉の形に合わせて、トリカブトの葉を切り、それを植物性のでんぷん糊で重ね合わせれば、一枚の葉として見分けはつかなくなる。おそらくミントの葉のほとんどを事前に摘み取っておいて、わずか数枚の葉だけ残して工作しておく。被害者が口にしなかった残りは警察到着前にこっそり摘めば始末できる」

「すごい執念……」

「でもトリカブトの知識なんて今はネットで簡単に手に入る。わりとそのへんの野原に生えてるし、入手も簡単だ。糊を使うのは、むしろ文具を日常的に使う者には身近な発想。それにもう一つ。さっきの話を思い出してほしい。潤子さんが家庭教師として訪れた夜、門の上に〈半月〉がすでになかったのだとしたら、その段階で、〈半月〉は外されていたことになる。なぜ？　もちろん、犯行に使われるためだ。闇月祿郎が死ぬ場所は、庭先のミントの茂みの前と決まっていた。あとは、その場所にいる闇月祿郎に〈半月〉を刺せばいい」

「でも、門には鍵が——」

「門の外からは無理だね。だけど、敷地内なら、可能」

「祖母のふみさんは寝たきりです。じつは動ける、なんてこともないかと。妃奈さんはPTAの役員会に出かけていて留守でした。だから戻って来て門に鍵がかかっていたのを解錠して、第一発見者となったのです」

それは前にも伝えた情報だった。そして、王子の表情を見るかぎり、王子もそんなことは百も承知のようだった。

「そういうことだよ。つまり、この計画を実行できたのは一人だけ」

「え……わ、私はやってません！」

「潤子さんじゃないよ」

「え……？」

そこで――ようやく私は気づいた。

王子が、誰を示しているのかを。

「清奈ちゃんが？　そんな……」

「彼女の部屋は二階だったね。そして、闇月邸は一階の広さに比して、二階は二部屋しかなく、面積が狭い。つごう、二階の窓から見ると、一階の屋根の斜面が長く広がって見える。斜面にモノを滑らすと、等加速度運動の法則で速度は上がってゆく。その先に、倒れている被害者がいる」

脳内に描く。屋根をするすると滑り落ちていく半月の姿を。

「でも、すでに死んでいる被害者にそんなことをする意味が」

「意味はある。一つは、これが殺人事件だと分からせること。もう一つは、家を象徴する〈半月〉に殺された、というメッセージを付与すること。それともう一つ。屋内で家庭教師と勉強をしていた者には実行不可能というアリバイ証明となること」

「え……それじゃあ、彼女は……」

「潤子さんの授業を受けているさなかに、窓から〈半月〉を投げた」

あの時か――。

彼女は、窓に張り付いた蚊を追い払うために、カーテン越しに窓を叩いた。あのとき、立てかけておいた〈半月〉が屋根を滑走し始めたのだ。

そして――その先には、死体が。

だが、誰もそれを清奈の仕業とは思わない。彼女は私の授業を受けていたわけだから。むしろ、その前後で門を出入りすることになる私こそが最重要容疑者となる。

「最初から清奈ちゃんは私をハメるつもりだったってことですか」

あんなに懐《なつ》かれていた――違ったのか……独りよがりか。

莫迦《ばか》みたいだ。

その時、電話が鳴った。

清奈からだった。

「潤ちゃーん、まだなの？　もうとっくに時間すぎてるよ？」

私は尋ねた。

「なんで、もう死んでる人に〈半月〉を刺す必要があったの？」

「……あれ？　なになに、急に。そんなマジな声出して」

「私を——だましたの？」

「あらら、なんか、もういろいろ気づいてんの？　でも無駄だよ。私は捕まらない。証明もできないしね」

「かもね。だとしても、私は知りたいの。あなたに裏切られた者へのせめてもの情けで教えてくれてもいいんじゃない？　なぜ、じつの父親にあんなひどいことができたのか」

「ふふ、そんなの考えなくてもわかるっしょ。父親じゃないよ、あんなの。毒死なんかで終わらせられるわけないじゃん。バイバイ」

電話は一方的に切られてしまった。

成敗の——烙印《らくいん》、ということか。

——ざまぁないね。天誅が下ったわ。

隣家の光河安治も、家督の経緯を知っていたのだろう。

「家紋を刺すことによって、彼女は闇月家が祿郎の手から解放されたことを、闇月家の人に知らせたかったんだ」

「闇月家の人間……それは母親の妃奈と祖母のふみのことですか？」

「それだけじゃない。もう一人いるね」

そう言った時、ここの店主が顔を出して尋ねた。

「温玉、追加はいかがですか？」

「……いえ、大丈夫です」

「あ、僕はもらおうかな」

毎度、と言いながら店主はまた奥へと引っ込んだ。

その時──王子が言った。

「さっき潤子さんも気にしてたこと、じつは僕も気にしてたんだ。闇月坂と団子坂がぶつかる地点に出店したわけだから、メニューに〈やみつき〉と付けるのは妥当だろうけど、それほどメジャーな坂の名前でもないから、あまり意味がない。それよりは団子坂の名前を使ったほうが効果がある。それでもメニューにその名を取り入れたのは何故なのか？」

「なぜ……それは……」

「闇月火花夫の長男、栄一は、未成年買春の疑いで逮捕された。だけど、それがもし仕組まれたものだったとしたら？　じつは今日、図書館で過去の新聞を調べていたんだ。彼は十七歳の少年を買春した容疑で捕まった」

「え、少年……？」

そこは――調査していなかった。私の業務にとって、重要なところだとは思わなかったから。

「結局、栄一は最後まで無罪を主張していた。僕はこの業界長いから、知らなくていい情報まであれこれ入ってくるんだ。僕が昔所属していたネニ事務所が、仕事のない子たちに売春まがいの営業を斡旋《あっせん》してる、とかね。どうも当時のニュースを調べていくと、被害者と呼ばれているのもネニ事務所の子だった。そしてここ数年その事務所が舞台公演をやる時、真っ先にゴージャスな花が届く。それは――」

「〈セカフラ〉の会長、闇月祿郎から、ですね？」

「そういうこと。栄一は、闇月祿郎にハメられたんだと思う」

「ひどすぎる……」

「その後の栄一の人生を想像してみよう。釈放後、栄一は闇月家と距離を置きながら創作料理の研究にいそしんだ。そして、そんな自分の姿をかつて恋仲だった女性に見てほしい願いから店を坂の下にオープンさせた。いつか、ふらりと訪ねてくれることを願って」

「それは――想像の話ですよね」

「そう、想像の話だよ。もう一つ、想像の話を。闇月清奈は誰の子どもなのか？　闇月清奈の母親は、あの家の養女だった。仮に闇月栄一と恋仲にありながら結婚を躊躇《ためら》っているうち、秘書であった闇月祿郎が奪って家督を継いだとする。そのとき、すでに身籠《みごも》っていたなら、その子は闇月栄一の娘」

そう言われて、さっき厨房から現れた店主の顔を思い出す。

そこにあった爽やかな目は、まさに清奈のそれと同じだった。そして、さっきの電話での清奈の言葉の意味も理解した。

――父親じゃないよ、あんなの。

きっと、母親の妃奈からすべてを聞いて知っていたのだ。

「どうします？　警察に届けますか？」

「無理でしょ、こんなの証拠不十分で終わるよ。警察が逮捕に踏み切るには物証があまりに乏しい。しかしまったくジャンクでいて、よくできた計画ではあるよ。あの時間に被害者が喫煙に出かけることは、おそらく決定していただろうしね」

「いつも決まった時間だったってことですか？」

「いいや、そうじゃない」

それから、王子は店の壁を示した。

「この店はテイクアウトメニューもやってる。清奈さんは、〈やみつき温玉唐揚げ炒飯〉を注文しておき、それをその日の夕飯として被害者に食べさせたんだろう。愛煙家は、脂っこいものを食べた後は、煙草を吸わずにはいられない。彼女はそれを知っていたんだ」

「なるほど……すごい……」

すべて計算ずく。清奈は物理と数学は得意なんだっけ。

だけど、視力は弱い。階段を駆け下りる時、私の手を握ったのは、猛スピードで階段を下りると、段差が見えなくて怖かったからだ。

そして――。

――天罰ってホントにあると思う？

彼女は、祿郎の首に〈半月〉が当たっているかどうか、あの位置からはよく見えなかったのに違いない。毒殺は成功しているはずだから、あとは運任せだったのだ。

もしも天罰があるのなら、当たるはず。

そこに、彼女は賭《か》けたのだろう。そして、彼女は賭けに勝った。

王子は話が終わると、また炒飯を食べ始めた。それから、レモン水をテーブル脇のピッチャーから注ぎ足して高く掲げた。

「最高なジャンク飯と、ジャンクな事件に乾杯」

12

駅に向かいながら、王子は上機嫌で言った。何なら、少しばかり足取りがスキップになりかけてさえいる。

「考えてみると、〈やみつき〉って不思議な言葉だよね」

「漢字で書けば、病という字になって、本来は病気の、それもちょっとやそっとでは回復しない病気のことをいうはずなんだけど、それが趣味に嵌《は》まった状態に譬《たと》えられてる。だから、〈やみつき〉と冠した以上は、長く病を患《わずら》ってしまうみたいに、中毒性がないとね。その点で、今日のは本当に満点中の満点だった」

「私はいつもを知らないんですけど、今日のを食べていたら、あの忌々《いまいま》しいグルメ批評家も高評価してくれたと思うんですけどねぇ」

「どうだろね。いつもだって美味しいから。それにほら、昔から言うでしょ？　蓼《たで》食う虫も好き好きって。ジャンク飯自体、そんなところがあるよね。やみつきってそもそも主観的な感覚だし、ほら、潤子さんもたいがい物好きだからなあ」

「え、わ、私のどこがですか……」

「僕なんかを王子とか呼んで、ちょっとどうかしてるよね」

「それどういう意味ですか！　私の推しを莫迦にする気ですか！」

言いながら、いや待て、とも思った。推し本人が推しを笑うことを私が止めるのはちょっとおかしくないか？

でもまあいいか。

「あと、僕ね、潤子さんの職業がわかっちゃったな。泥棒でしょ？」

「な……何を莫迦なことを」

「さっき、〈セカフラ〉の会長としての情報をすでに調べてあるみたいだったから、潤子さんは闇月家の資産を調査するために家庭教師のふりをして潜入してた――なんて思ったんだけど、どう？」

「そ、それは――」

まあいいか。私は黙っておくことにした。

「ご想像にお任せします」

「ふふ。まあ、僕は潤子さんの正体なんて何でもいいんだ。こうしてジャンク飯仲間ができたことのほうが大切」

仲間――王子にそんな風に言われた私の心中など、きっと王子にはわかるまい。

「一つだけお願いが。サングラス、取って見せてもらえませんか？」

「断る」

「ええ！　一回だけ！　一回だけです！」

「ダメだよ。神聖なものは御簾《みす》越しがいちばん。おっと、ロケの時間だ。それじゃ、またね」

彼はちょうど坂の下にやってきていた赤のアルファロメオの助手席に乗りこんだ。ドアが閉まる時、金髪のスレンダーな女性が見えた。マネージャーだろうか。それとも――。

「いや、詮索《せんさく》はよそう……」

神聖なものは御簾越しに、か。自分で言っても嫌味にならないのだから本当に尊い、などと思いながら手を振った。車の窓が開いた。

「あ、そうだ、潤子さんのアカウント、見つけたからさっきフォローしといた！　またね！」

「え……わ、私のあの闇垢《やみアカ》を……？」

そうか、昨夜、〈やみつき温玉唐揚げ炒飯〉を食べ損ねたことを呟いたりしたから、検索で引っかかったのに違いない。なんてことだ。ダメだ。恥ずかしくて死ぬ。

私は恐る恐るアプリを開いた。一件のフォロー申請がきていた。灰色の簡素な卵のマークに、〈ジャン太郎〉と記されていた。

「裏垢……？」

驚いた。フォロワーはゼロ。フォロー数は、まだ1だった。

澤村に、王子の推理を話した。もちろん、王子の存在については秘匿《ひとく》したまま。

澤村は話を聞き、「清奈が逮捕されることはないだろうけど、とりあえずおまえの疑惑を払拭《ふっしょく》するには十分な推理だ」と認めた。

私は最後に肝心の部分も伝え添えた。

「そうそう、事件の後、闇月祿郎の部屋への侵入に成功しまして、そこで、彼の机の引き出しにN徽章《きしょう》がしまわれているのを確認しました」

「そうか、やはりあったか」

N徽章――三匹の蛇が尻尾《しっぽ》を噛んでひと繋《つな》がりとなってNの字を作っているグロテスクな紋章を象《かたど》ったバッジ。そいつは、私の本来の任務に深く関わっている。そして、いさかか今回は発見が遅すぎたと言えた。もっと早くに私はこの証拠を摑《つか》むべきだったのだ。

「ほかに何か出てきたか？」

「……いいえ、他には何も」

一瞬、言いよどんだのは、部屋で奇妙なものを発見したからだった。天草茅夢の、プライベートで撮られたであろう写真。カメラに気づかぬその横顔は、おそらくどこかから隠し撮りされたものだろう。なぜこんなものを闇月祿郎は所持しているのか？　だが、そんなことを澤村に報告して、王子に迷惑がかかるのはよろしくない。闇月祿郎が単に王子を推していただけかもしれないし――。

そんなこちらの思惑には気づかずに、澤村は「まだいろいろ謎が残るなぁ……まあいい、あとは任せろ」と言った。任せよう、と私は思った。恋人としては信用ならない男だったたし上司としても薄情この上ないが、仕事のうえでは優秀なのだ。

私はふわふわした気持ちで駅へ向かった。何だか、さっきの王子みたいにスキップでもしたい気分だった。体も心も、まだ〈やみつき温玉唐揚げ炒飯〉に満たされている。でも、もっともっと全体を王子で満たされている。奇跡は、もしかしたら二回で終わらないのかもしれない。少なくとも、私のアカウントについたフォローのマークは、それを約束してくれているような気がした。

奇跡、次はいつでしょうか？　いやいや……図々《ずうずう》しいぞ潤子。それにさっきは危うかった。私の業務がバレるところだったのだ。それは私にとって二重三重の死活問題である。それに、もしバレたらきっとこの関係も終わってしまうに違いない。

とにかく待とう。何はともあれ、今までどおり、敬虔《けいけん》なるジャンク飯信者でいよう。何も余計なことは考えずに。

こうして、ジャンク飯をめぐる私と王子の奇妙な関係が始まったのだった。

だが、まだ私は気づいていなかった。

王子には、とある重大な秘密があるのだということに。

幕間——天草茅夢の近況報告レター①——

やあ、ファンのみんな。いまは深夜の二時。このファンクラブ会報のために、僕はうたた寝から目覚めて、パソコンの前にやってきたよ。

新しいドラマは観《み》てくれてる？　新しい僕の魅力がうまく開花してると思うから、まだの人はぜひチェックしてみてね。

それで、最近の僕の悩み！　ちょっと働きすぎてるんだよね。芸能人て忙しいんだ。本当に休む暇がなくってさ。だけど、そんな疲れ切った僕だけど、一つだけ楽しいことを見つけたんだ。

Nを終わらせる——。

なんだか、まじないみたい？　ちょっと謎めいた言葉だよね。

でも僕は本気なんだ。これは、僕とみんなのための、世界の約束でもある。今よりいい世界に進むためには、この道は避けて通れない。みんな僕を信じてほしい。その信頼が、僕を強くしてくれる。

ありがとう、そろそろ寝るよ。いい夢が見られそうだ。

みんなの天草茅夢より

第二話

双生児が多すぎる

1

職場でのため息は禁物である。とくに、その職場が、おもてなしを信条とするホテルである場合には。

「オホン、昼野さん？　あなた今日何度目のため息です？　ちょっとは人前に立っている自覚をもってくださいね」

マンドリンのようにまとめ上げられた髪。広い額。鋭く大きな目。奈良美智《よしとも》が描いたようなご面相のこの女性が、私の現在の上司、小宮山《こみやま》さんである。

「あ……はい、すみません」

とはいえ、こっちだってため息をついている自覚があればこんなに苦労しない。このところ、しぜんとため息が出てしまうのだ。

それというのも、我が王子のことを考えてしまうからだ。

王子。天草茅夢。

主演ドラマは必ず視聴率二十パーセントを超える、押しも押されもせぬ一流芸能人。アイドル級のルックスとエドワード・ノートンばりの演技力でその地位は不動のものと言っても過言ではない。ひょんなことから、私はその天草茅夢が、ジャンク飯を偏愛する〈同志〉だと知ったのである。

早いもので、あれから間もなく二カ月――おお……そういえば明日から十月か。どうりで最近はすっかり外の空気がカラッとしていて汗一つかかないわけである。

――またね。

王子がそう言って手を振ってくれたのが、どんどん遠い過去になり、あれは夏の蜃気《しんき》楼《ろう》だったのではという気さえしてくる。王子の言った〈また〉はいつ来るのだろうか。それとも、あれは社交辞令？

あれ以来、何のお誘いもかからない。絶望に世を儚《はかな》む自分を、私は何度も叱咤《しった》してきた。「お忙しいのだろうし、そうでなくても、華やかな芸能界のお方。私ごときを思い出す余裕なんてないよ」と。

あんな事件があってちょっと集中的に関わる機会があったけれど、本来であれば雲の上の人。私のことなんか忘れてしまっても仕方ないのだ。だいたい私という生き物もだいぶ図々しい。推しとリアルで関わる喜びに味をしめるなんて下品にも程がある。

存外、次にどこかでばったり会って声をかけたら、誰だっけ君、って迷惑そうな顔で言われるという展開もじゅうぶんあり得る。

夢だったのだ。忘れよう。それがいい。推しは遠きにありて思うもの。きっとそうなのだ。

とまあそんなことばかり考えてしまうから、日に何度もため息が出るのだが、こんなことは上司に言えるわけがない。

ここ、〈シュル・グラン高円寺〉は、高円寺のエトアール通りにある廃ホテルをリニューアルした小さなシティホテルだ。お洒落《しゃれ》とマニアックさの綯《な》い交ぜとなったこの通りにあって、そのロココ調の外観は何とも異様な存在感を放っている。

私は現在、わけあってここの受付スタッフをしている。

先言後礼、いらっしゃいませ、お帰りなさいませ、とおもてなし精神をあれこれ体に叩《たた》き込まれ、はや二週間が経《た》とうとしている。昨今は世界各国の人がカジュアルに東京にやってくるから、高級ホテルより敷居の低く規模も小さいシティホテルが人気なのだとか。

たしかに、やってくるのは九割が外国人だ。日本人の旅行客は存在しないのだろうか、なんて脳裏をよぎるくらい外国客だらけ。それも、中国、台湾、スリランカ、バングラデシュ、ネパール、イラン、エジプト、インドネシア、と多岐にわたる。もしかしたら、場所が高円寺だというのも、雑多に人が訪れる理由なのか。文化の坩堝《るつぼ》なんて言われるくらいだから、それだけさまざまなアンテナが凝縮された土地なのだろう。

かく言う私も、上司の澤村にこのホテルに潜入せよ、と言われたときは「きゃっほー」と雄叫《おたけ》びを上げかけたものだ。高円寺は、ジャンク飯マニアなら一日ハシゴしてもまだ足りないくらい名店の多いエリアなのだ。だから、ホテル勤めが始まって以来、昼になるのが待ち遠しくてたまらない。時計を見ると、時間は午後二時二十九分。あと一分で私の休憩時間だ。

ところが――運命の神様は私に厳しいらしい。

「ほら、ぼうっとしない、お客様よ」

小宮山さんが、開いた自動ドアに向けて笑みを作る。なんというタイミング。チェックイン時間は三時以降だから、この時間に新規ゲストがやってくることは滅多にないのに。

内心で舌打ちをしつつ、私は小宮山さんと同じように笑顔を作り、「いらっしゃいませ」と頭を下げた。

しかし、やってくる来訪者をみて、思わず声が出た。サンタクロースのような巨体に、サンタクロースのような白髭《しらひげ》。

「え……っ、つぅぁいく……？」

「オー、ドゥーユーノウミー？」

ご機嫌でそう尋ねてきたゲストの名を、私はフルネームで知っている。スネイゲル・ツヴァイク。本好きの間では広く名の知れたホラー小説界の覇者だ。たしかドイツ生まれのアメリカ育ち。

あのツヴァイクが、なぜこんなところに？　小宮山さんは実は韓国語と中国語が上級者クラスなわりに英語が苦手なので、にこにこしているものの接客は私にさせる気のようだった。私は英語でツヴァイクに話しかけた。

「スネイゲル・ツヴァイクを知らない日本人なんておりません。このたびはお仕事でのご旅行ですか？」

ツヴァイクは立派な白髭を擦《こす》り、にこにこと頷《うなず》いてみせた。彼は右手に、カピバラでも入っていそうな大きなトランクを持っていた。長期旅行だろうか？　彼は英語で答えた。

「そう、今度の小説の舞台を日本にしようと思ってね。ところで、君は僕の作品ではどれが好きなの？」

「私は断然『ファニーガール』です」

「あの作品のファンは多いね」

ツヴァイクは苦笑交じりにそう言ってかぶりを振った。

『ファニーガール』は、たしかこんな話だ。笑顔がかわいいと言われる女の子エルダに惚《ほ》れた主人公マイケルは、恋愛関係に発展するが、男として見られている自信が持てない。その原因はエルダの笑顔にあった。エルダはいつもマイケルを「私のかわいい子《キューティーボーイ》！」と言って笑顔で撫《な》でるのだが、毎度コピペしたようにその表情が均一的なのだ。表情の種類が乏しいだけか、それとも整形手術の後遺症か。

やがて、マイケルの身に不穏な出来事がたびたび起こるようになる。最初は納屋《なや》の火災事故、次がペットの死、さらに祖父の死――徐々に大きくなる被害。だが、その相談を聞くときでも、エルダの表情は変わらない。例のあの笑顔なのだ。

マイケルはエルダが不気味に思えて、距離を置くようになる。すると、彼の家に双子の幻影が現れ〈もうすぐここは血みどろだ〉と言って消える。マイケルは調査するうちに、エルダが十年前に双子を堕胎していること、同じ高校に通っているが、マイケルより年齢が十歳も上であることを知る。

マイケルはエルダから逃げるように部活の仲間とテニス合宿に出かけ、日常から離れる。だが、その合宿ホテルのインターホンが鳴る。訪ねてきたのはエルダ。監視カメラには例の笑顔が――。

〈かわいい子。さあ抱っこさせて〉

ぞっとしながら、しかし室内の背後に気配を感じて振り返ると、またしても双子の幻影が。〈だから言ったでしょ？〉そして、その笑みが、エルダの笑顔と重なる時、ドアが壊されて――。エルダの笑顔の存在が徐々に心に重たくのしかかるようになっていく様を繊細に描き切ったホラー小説の白眉《はくび》だ。

ツヴァイクの訳書は五十作を数えるが、私が読んだことのあるのはこれ一作。面白いのだけれど、読後感が禍々《まがまが》しく、続けてべつの作品を読む気になれなかった。じつは、ホラー小説が苦手なのだ。

「びっくりしました。想像していたよりずっと……」

「大きい？　みんな言うね。ママは僕をＸＬクンと言ったもんさ。ママは大きいことはいいことだっていう考えでね。兄貴が体が小さかったから、大きく育ってほしかったママにとって、僕はよけいに自慢の息子になっちゃったんだな」

海外の人間はこの国の平均より大きいが、ツヴァイクは特大サイズに分類してもいいだろう。

「そういえば、このホテルは『ファニーガール』の舞台に少し似てるかもしれないね」

ツヴァイクは、そんな不謹慎なことを上機嫌で言ってまた白髭を撫でた。たしかに、『ファニーガール』のマイケルがテニス合宿に訪れたホテルとの類似点もある気はする。

「言われてみればたしかに」

このホテルは、もともとある富豪が道楽で始めたプライベートホテルで、宿泊料も今の五倍近くに設定されていた。客はもっぱらその親友たちに限られていたらしい。しかし、その富豪が亡《な》くなり、朽ち果てていた建物を買い取った今の経営者が改装して、旅行者同士の交流もしやすいシティホテルに生まれ変わった。

　私は予約票を確認した。アベル・ツヴァイクの名で、一泊の予約が入っている。これが本名なのか。

「アベル・ツヴァイクの名前で予約している」

「確認がとれました。こちらに住所とサインを」

　ツヴァイクは、当然のように英語ですべて記入した。

「アベルって名前も、悪くない名だろ？」

「ええ、とても素敵なお名前ですね。ご本名なのですか？」

「そんなところだ」

　英語の苦手な小宮山さんに睨《にら》まれている気配を肌で感じた。私語を慎んで早く案内を、ということだろう。

「本来はチェックイン時間は三時ですが、お部屋の準備ができておりますので、ご案内します」

「よろしく頼むよ」

　私はキーボックスからルームキーを取り出し、ツヴァイクを二階へと案内した。エレベータはないから、階段での移動である。私が先頭を行き、ツヴァイクがその後をついて歩く。

「この国は君みたいな美人がたくさんいるのかな？」

出会って間もない相手を〈美人〉と呼ぶときは容姿限定の話だろうが、べつだん私はこれまでの人生で容姿を褒められた経験はない。大げさなお世辞だろう。このご時世でそんな発言をするツヴァイクのモラルを少しばかり疑いたくなる。

「美人不美人は個々の主観に基づくものですからよくわかりませんが、私レベルは珍しくありませんよ」

階段を上りきった。ツヴァイクの部屋、２０３号室は通路を南へ進んで端から三番目。二階に部屋は全部で九部屋あるが、これで満室になった。

ツヴァイクは室内を見渡してワオとかグレイトとかしきりに喜び、いい宿を選んだようだ、と満足げに言った。

「お食事は御済みですか？」

「もちろん。だけど小腹が空《す》いてきたね。おやつが欲しい時間だ。これから翻訳者がここへ来て、その後どこかで編集者と打合せをするらしいから、その時に何か食べたいね。おススメはあるかい？」

「軽食なら何と言っても〈のせ杉ドッグ亭〉です！　一カ月前にオープンしたばかりのお店です。私も今日はあそこに決めてるんです」

たしかにホットドッグメインの店だから〈軽食〉と言えなくはないが、打合せには向かないだろうと思いつつ、私はそう提案した。

「その店なら聞いたことあるな。そうだ、さっき買った雑誌に載ってたのかな。店主がドイツ人なんだろ？　僕も生まれはドイツだからね」

ツヴァイクが言っている雑誌とは『ジャンクフードキングダム』のことだろう。そして、〈のせ杉ドッグ亭〉が登場したのは、その中の〈できたてジャンク辛口採点〉。評者は、ジャンク飯評論家の星野司。だから当然、酷評されていたわけだが、おそらく辛いにもツヴァイクは日本語が不得手で記事内容までは読んでいないのだろう。

「それに、何よりとても美味《おい》しいです。私からもお勧めします」

「それなら打合せの場所は決まりだな」

「いい選択です」

私は一通り部屋の使い方の説明をし、明日の朝食の時間などを伝えた。ツヴァイクはベッドに寝そべり、スマホをイジりつつ私の話に適当な相槌《あいづち》を打っていたが、説明が終わると、「君もここでゆっくりしてく？」などと言った。どうもこの作家は女好きなようだ。

「申し訳ありません、まだいろいろ仕事がございまして」

「それは残念。まあいいさ、ありがとう。素敵な宿でよかった」

「どうぞゆっくりお寛《くつろ》ぎになってお過ごしください」

深々と頭を下げてから通路に出て……不意にうっとなった。

赤いカーペットの敷かれた長い廊下の果てに、顔がそっくりな二人のアングロサクソン系の少女が、私を見ていた。

一瞬だが、肝が冷えた。スネイゲル・ツヴァイクのせいだ。いや、正確には、その小説がもたらす鮮烈なイメージのせいというべきか。

不気味なものを見たような気持ちになった。すぐに、昨日から宿泊しているラプソディ姉妹だと気づきお辞儀をしたが、彼女たちは不敵な笑みを浮かべて209号室に引っ込んでしまった。ラプソディ姉妹はおそらく双子だ。その妖精のような容姿とは裏腹に、さっきの微笑はひどく悪魔的だった。しかも、私が出てくる前からツヴァイクの部屋を注視していたような気がするのだが――。

「切り替えよう、これは現実。小説じゃないんだから」

私はかぶりを振り、腕時計を確かめた。ちょうど午後二時五十分。もうとっくに休憩に入るべき時間を過ぎていた。私は受付に戻ると、休憩に入ります、と宣言した。

「お疲れ様」小宮山さんがパソコンの画面から目を離さずに言った。「ずいぶん親し気だったけれど、あのお客様、知り合い？」

「著名な作家です。スネイゲル・ツヴァイク。ご存じないですか？」

小宮山さんは怪訝《けげん》な顔で首を傾《かし》げている。たぶん、あまり本を読まないのだろう。

「でも有名人なら、このホテルの宣伝にもなるわね！」

「そ、そうですね……」

実際、そう、結果的にスネイゲル・ツヴァイクの宿泊は宣伝効果という点ではすさまじかった。ただし、あまりよくない方向での宣伝となってしまったのだが――。

この時の私たちはまだ、スネイゲル・ツヴァイクがわずか二十分後に、２０３号室から死体で発見されるなんて思いもしなかったのである。

2

レトロと日常が交差するエトアール通りを直進すること三分ほどの場所に、ジャンク飯屋〈のせ杉ドッグ亭〉はある。距離的に、いちばん通いやすいのもあるし、最近できたジャンク飯屋の中では断トツに旨《うま》いので、食べるものに迷ったら〈のせ杉ドッグ亭〉で間違いない。

この店のいちばんの人気メニューは〈のせ杉ホットドッグ〉。うどんかと見間違えるほど細長いソーセージが、ドッグロールに大量に挟まれ、さらにはそこに生玉ねぎ、オリーブ、ピクルス、チーズがこれでもかとかけられている。通常であれば、ホットドッグの形状を維持できないはずのボリュームが、ぎゅっと圧縮してラップに包まれて客席に届けられる。テイクアウトも自由だが、さすがに口回りが汚れるので店内で食べたい商品だ。

このソーセージに、じつはちょっとした工夫がある。腸皮の中には、脂質が少なく柔らかいフィレ肉、香草、パプリカがたっぷり詰まっている。風味豊かなうえ、いくら食べても胃もたれしない。見た目のボリューム感に圧倒されるわりに店内に女性客が多いのは、そうした創意工夫の結果でもある。

店の前でメニューを眺めるうちに、すっかりお腹《なか》が空いてきた。ところが、入店直前、ワイヤレスイヤホンに「今いいか」と連絡が入った。思わずため息が出た。私の本来の業務における上司、澤村だ。

「どうしました？」

「その声は、食事時を邪魔したか？」

「昼休憩の時間は伝えていますよね？　用件をどうぞ」

じつのところ、今回の任務では、ターゲットをまだ聞いていないのだ。そろそろ無為に時間を過ごすのにも飽きてきたところだった。

「２０９号室にジェシカ・ラプソディとアンジェリカ・ラプソディという双子の姉妹がいるだろ」

「ええ、います。彼女らが会員ですか？」

「まあ待て。それから２０６号室に李香花《リー・シアンファ》と李華音《リー・ファイン》というこれまた双子の客がいるはず」

「そっちは把握していません。たぶん、私が受付にいないときにチェックインしたのでしょう。あとで確認してみます。うちのホテルに二組も双子の客が？」

「どちらも金持ち客で、波多《はた》村《むら》稔一《ねんいち》とつながりがある。うち一組の双子が、例の匿名《とくめい》会員だ。会員専用のプリペイドカードですでに宿泊料が清算されていることから、チェックインがわかったが、双子ということまでしか情報はない」

「なるほど」

　波多村稔一というのは、男性アイドル・俳優が多数所属する業界最大手芸能プロダクション〈ネニ事務所〉の社長だ。

「とくに、ジェシカとアンジェリカは夜遊びも激しい。旅行好きで、旅先では夜な夜なクラブに通っているようだ。おそらく今夜も外出する」

「忍びこめ、と？」

　仕事とはいえ、何度やっても不法侵入は気が滅入る。

「容易《たやす》いことだろう。一応、両方たのむ」

「……わかりました」

「期待してるよ。まあ、まずはしっかり遅すぎるランチを堪能《たんのう》して」

「言われなくてもそうします。失礼します」

「君の声が聴けてよかっ……」

最後まで聞かずに通話を切断し、店の中に入った。気分は確実にさっきまでより悪くなっている。

「イラッシャーイ」

店主はドイツ人のフランツさん。ここは本当に客の顔ぶれも多国籍だ。

カウンター席に腰かけると、すぐに日本人の男性スタッフが水を運んできてくれた。

「〈のせ杉ホットドッグ〉をひとつ」

「ハイヨ！」と大きな声で言ったのは、そのスタッフではなく店主のフランツさんのほうだった。店主の溌溂《はつらつ》さに比べると、ほかのスタッフはやや生気がなく、さっきの水を運んできたスタッフなんて姿勢も悪く雰囲気も頼りないように見える。まあでも、それはフランツさんが元気すぎてそう見えるだけか。ハイテンションな店主をもつと、従業員はいたって静かになるものかもしれない。

フランツさんがフライパンにオリーブオイルを注ぎ入れ、ローズマリーを入れる。ふわりと香ばしい匂いが漂い出す。今にも涎《よだれ》が垂れそうだ、などと思っていると、「あれ？」と声をかけられた。

隣を見て、驚いた。目深《まぶか》に帽子をかぶり、濃いめのサングラスをかけていても、その正体は私には隠せない。

「お……王子……」

そう、そこには、あの王子が座っていたのである。

3

「まさか、潤子さんとまた会えるとは思わなかったな」

王子は水を飲んだ。私はそのごくごくと飲み込むたびに動く喉仏《のどぼとけ》を凝視する。やはり優雅で尊い。これが同じ生き物か。

「わ、私もです」

「なかなか誘ってくれないから、忘れられたのかと思っていたよ」

「え、私が王子を誘う……んですか？　無理です無理です」

「なんで？〈ジャン太郎〉にDMくれれば」

〈ジャン太郎〉は、王子のSNSのアカウント名だ。二カ月前の出会いの後、フォローされたものの、いまだにSNS上の交流は皆無だった。

「なんでと言われても、無理なものは無理ですよ」

そういうもんかな、なんて呑気《のんき》な顔をしている。この人、芸能人の自覚がなさすぎる。ファンにとっての推しは、宗教の神にも等しい存在だというのに。

「ところで潤子さん、このへんでお仕事あったの？」

「すみません、もう一度呼びかけてもらっていいですか」

「え、潤子さん」

「わぁああ……ありがとうございます」

「何なの」

「そうなんです、このへんで、お仕事なんです」

発する言葉、すべてに幸福の魔法が宿っている。神々《こうごう》しい。生きていてよかった。私は今日呼吸している自分に感謝する。

「お仕事って、泥棒の？」

「人聞きが悪いです。王子、世間体って言葉わかりますか？」

王子は私のことをすっかり泥棒と思っている。もっともこれは否定しない私もわるい。

「キャッツ・アイみたいな感じなんでしょ？」

「ノーコメントで。それより、王子もこのへんで撮影でも？」

「いや、高円寺にはね、うちの事務所の養成所があるんだ。それで、後輩たちを叱咤激励しにきたってわけ」

「へえ？　そんなこともされるんですね」

「僕の芸能寿命だっていつ尽きるかわからないからね。そうなった時、僕のごはん代を稼いでくれるのは、その子たちだから」

「王子はさすがに安泰なのでは？」

「この業界に安泰なんてないよ」

「そういうもんですか……厳しいんですね……」

と、その時、不意に王子の鞄《かばん》から本がはみ出しているのが見えた。

「え……スネイゲル・ツヴァイクの本……！　ですよね？」

「ああ、さっき駅前の書店覗《のぞ》いたら、信じがたいことにご本人がいたから、ついその場で本買ってサインもらっちゃった。だってさ、本屋にスネイゲル・ツヴァイクがいるって、天文学的確率だからね」

この都市で天草茅夢に遭遇する確率だって相当なもんですよ、と思ったけれど、それは言わなかった。

「たしかに……でもツヴァイクは何をしていたんでしょうね、その書店で。だって日本語読めないですよね、彼」

話すのはまったくダメなようだったし、サインもすべて英語だった。たぶん読み書きもできないだろう。

王子は私のその言葉に、三度頷いた。一度目は自分自身への頷き、二度目は目の前の相手に向けての頷き、三度目は大スター・天草茅夢の公式見解としての頷き。

「そうそう。何だか手持ち無沙汰《ぶさた》な感じで、なんで書店に入ったのか分からないみたいな挙動不審な様子だったね。ぶつくさ独り言も言っていたし。あれは何をしてたんだろう？」

「じつはそのツヴァイクなんですが……」

私は、自分がホテルに勤めていること、そこにツヴァイクがゲストとして訪れていることを語った。

「彼もドイツ生まれなので、この店を一応紹介しようとしたら、すでにご存じで、あとで行くようなことを言ってたんです。でも、まだ現れませんね」

「ふうん、長旅で疲れたのかもね」

そんなことを言い合っていたら、スマホが不意に鳴った。ホテルからだ。休憩中に呼び出されるほどの緊急事態なんて、これまで一度もなかった。何かあったのだろうか？

訝《いぶか》りつつ通話ボタンを押すと、明らかに声の上ずった小宮山さんが「あの、あの……」と呻《うめ》いている。

「どうしたんですか？　何かありましたか？」

「す、すぐ戻ってきてくれない？」

「でもいま食事屋さんで注文を……」

「ゲストが亡くなったの……さっきチェックインした方……っ、っ、ツヴァイク様が……」

私は茫然《ぼうぜん》としつつも、「すぐ戻ります」と答えて電話を切った。ちょうど店内には背の低い汗まみれの外国人客が入ってきて、また〈のせ杉ホットドッグ〉を注文したところだった。Tシャツに半ズボンとまるで夏の装《よそお》いなのは日本の四季の感覚に疎《うと》いせいかもしれない。この客に私のオーダーを譲れないものか……いやそれは無理か。

「どうかした？」

「王子……胃袋に二人前お召し上がりになる余裕はおありですか？」

4

駆けつけた時、小宮山さんはすっかり血の気がひいており、ただでさえ大きな目は眼鏡の枠から飛び出しそうに広がっていた。私は控室の流しでコップに水をくんで小宮山さんに渡した。小宮山さんは静かにそれを受け取り、一気に水を飲みほした。

「その、スネイゲル・ツヴァイク様は、お部屋ですか？」

私の確認に、小宮山さんは無言でただ頷いた。

「警察へは？」

「数秒前に連絡を……」

　ということは、到着まで十分とはかかるまい。私の脳は高速でフル回転しはじめる。

「現場に鍵《かぎ》は？」

「鍵……？　うちオートロックだから」

「ああ、そうでしたね。どうして発見に至ったのですか？」

「通訳の方がいらしたの。それでお部屋をお教えしたのだけど、いくらノックをしてもお返事がなかったらしいのよ……」

「お部屋を教えたのは何時頃ですか？」

「ええと、あなたが出て行ってしばらくしてだから、三時十分とか、それくらいね。ツヴァイクさんも外出はまだされていなかったから、お返事がないのは妙だと思って、仕方なく……」

　それで、非常時用の合鍵で中に入って死体を発見したらしい。その間、一分から二分程度。

「その通訳の方はいまどちらに？」

「ラウンジにいらっしゃるわ。出版社の方と連絡をとると仰《おつしや》っていたけれど」

「カードキーはどこに？」

彼女はこれ、と私に渡してくれた。

私はそれを受け取ると、二階へ駆けあがり、203号室に入った。

部屋に入ってすぐの入口付近には、カピバラでもしまえそうな大きなトランクが開きっぱなしで放置されていた。中には衣類が数枚あるばかり。物盗《ものと》りの犯行か、と一瞬怪しんだが、中へ進むと、ベッド脇《わき》に時計、財布などの貴重品が並んでいるのを見つけた。財布を指紋がつかぬようハンカチで持って確かめる。お金も、カード類もおそらく生前のまま。中身を盗られた形跡はない。

スネイゲル・ツヴァイクは、ナイトテーブルの脇にぐったりとうつ伏せで倒れていた。カーペットに珈琲《コーヒー》カップが倒れ、中身がこぼれてシミを作っている。外傷はなさそうだった。となると、心臓発作などの突然死か、あるいは――毒殺か。

不意に、ナイトテーブルのメモ帳に何かが書かれているのが見えた。パッと見て、思わず首を傾げてしまった。つたない字だが、横書きで「双子」と読めた。ほかに読みようもない。もう一度死体に目を戻すと、右手にペンを握っていた。

だが、客はスネイゲル・ツヴァイクだ。日本語もあまりわからないようだった。書いたのはツヴァイクなのか？　脳裏に浮かんだのは、さっき澤村が言っていた、双子の存在だ。このホテルには、現在二組の双子が宿泊している。もしもツヴァイクが、漢字の意味をたまたま知っていて、死ぬ間際《まぎわ》に自分で書いたのなら、犯人が双子だと示していると考えることもできる。

それに――そう、双子という存在は、スネイゲル・ツヴァイクの作品世界を象徴するモチーフでもある。

これは、容疑者の手がかりを示すものなのだろうか？

犯人は双子ってこと？

だが、それは飽くまでツヴァイクが「たまたま双子という漢字を知っていた」場合の話。彼は宿泊名簿も英語で書いたし、話すのも英語だけだった。たまたま双子の漢字だけを書けたりするだろうか？

けれど――あり得ないことではないのか。

それこそ、〈双子〉という彼の作品世界に重要なモチーフであれば、その漢字だけたまたま知っていたということは、あるかもしれない。

「ダイイングメッセージ……なのかな……」

思わずそう呟《つぶや》きながら、逆にこれがダイイングメッセージでないのならば、とも考えていた。もしもこれが、犯人自身の手によるものだった場合、こんな筆跡を現場に残す意味は何だろう？　何かのメッセージ？　たとえば発見者への宣戦布告ということは？

双子の絡《から》む犯罪。ダイイングメッセージ。密室殺人。

またもやミステリマニアがやみつきになる要素てんこもりではないか。何とも大げさ。

要素盛りすぎ。

なんて、なんてジャンクな事件。

いやいや、落ち着きなさい。毒殺と決まったわけでもないのに、他殺だと決めつけている自分をたしなめた。ここへ到着してから二分以上経過している。警察が来るまでのわずかな時間を有効に使わねば。私はすぐさま次の行動に移った。

5

双子が多すぎる――そんなミステリのタイトルがあっただろうか。あってもおかしくないな。『●●が多すぎる』系のタイトルはミステリの定番のようなもの。それとは違うが、西村京太郎の本に何かそれに近い双子モノがあった気もするのだけれど、思い出せない。

それにしても妙だ。仮に毒殺だとした場合――犯人が双子であるならば、それは犯人が二人いると言っているようなもの。けれど、犯行現場に二人も人がいたのなら、被害者にはダイイングメッセージを残す暇は与えられないはず。

ならば、犯人は双子の片割れだと言いたいのか？

しかし、もしそうであればツヴァイクは〈双子〉なんて記すよりも、名前を記したほうがいい。でないと、双子のどちらが犯人なのかわからないわけだから。

あるいは、一卵性双生児ゆえに、スネイゲル・ツヴァイクの目にもそのどちらが犯人なのか分からなかったとか？　はたまた、名前を知らず、双子だという事実だけ知っていたのか――。

私は一階のラウンジへ向かった。一人の女性が壁際の椅子《いす》に座り、電話をかけていた。歳は三十代初めくらいか。赤いフレームの眼鏡の奥ですっきりとした顔立ちに気品と知性がせめぎ合っている。ベージュのスーツのお陰で落ち着いた雰囲気にまとまっているが、眼鏡を外すと存外童顔ではある。

「とにかく刊行は延期したほうがいいわ……ええ……仕方ないことよ……いったん切るわね。ええ……待ってる」

女性は電話を切ると、やや慌《あわ》てた様子でこちらを向き直り、頭を下げてきた。

「このたびはこのホテルの皆様には多大なご迷惑を……」

「私たちのことはお構いなく。あとは警察に任せます。私はこのホテルの受付係の昼野と申します」

名乗ったのは、相手に名乗らせるための手段だった。案の定、相手も立ち上がり、頭を下げた。

「翻訳者の霧島美奈子《きりしまみなこ》と申します。スネイゲル・ツヴァイクの著書の翻訳をおもに担当しておりまして、今回の来日では通訳係を任されていました。本当にこんなことになってしまって……」

「ご遺体の第一発見者だと伺いました」

「ええ、今後の翻訳刊行のスケジュールに関する打合せをするため、編集者のもとへ向かうべくお部屋へ呼びに伺ったのですが、一向にお返事がないので、三時十分ごろ、受付にいらした方に頼んで鍵を開けてもらったのです」

霧島美奈子が部屋に迎えに行き、それから二人で編集者のもとへ向かおうとした矢先での事件ということか。

「亡くなられたお部屋のナイトテーブルに〈双子〉と書かれたメモがあったのをご存じですか？」

するると、途端に彼女は顔を引きつらせた。

「え？　双子……？　いえ……亡くなられたツヴァイクを見て仰天して警察に連絡などしていたもので、それきり部屋には……」

その表情に偽りはなさそうに見えた。もっとも、私は印象だけで物事を決めつけるようなヘマはしないが。

「なるほど。誰が〈双子〉と書いたかは現段階ではわかりませんが、ツヴァイク様のお知り合いに双子の方はいらっしゃいませんか？」

「……そういえば、長年のファンで、双子の姉妹の方が上海《シャンハイ》にいらっしゃって、そのお二方は今回のツヴァイクの来日を知って、ぜひお会いしたい、と日程を合わせて来日されている――とツヴァイクから聞いていました」

「ツヴァイク様のもとに直接ファンから連絡があったということですか？」

「どちらがコンタクトをとったのかは私にはわかりません。ただ、ツヴァイクはそのことをとても嬉《うれ》しそうに語っていました。じつは彼女たちと今夜一席設ける手はずになっていたのですが……」

私は、ツヴァイクの女好きな態度を思い出す。あの感じでは、ツヴァイクのほうから誘った可能性はありそうだ。

「それはもしや、李香花と李華音という姉妹では？」

すると、ハッとした表情になって、美奈子は私の顔を見た。

「どうして彼女たちのことをご存じなんですか？」

「じつは、当ホテルにお泊まりになられているのです」

「まあ……すごい偶然……」

偶然かどうかはわからない、と思ったが、それはとりあえず言わずにおくことにした。

すると、霧島美奈子は不意に口に手を当てた。

「そういえば、双子と聞いて、もう一組思い当たりました……」

「何でしょう。何でも構いません」

「じつはここ数年、ツヴァイクは執拗《しつよう》な嫌がらせに悩まされていたのです。それが、ある双子によるものだったのです」

「それは、海外の？」

「ええ、そうです。たしかイギリスの方でした」

「もしや、その姉妹の苗字《みようじ》、ラプソディでは？」

　まさかと思ってその名を出してみたが、案の定、美奈子の表情には驚きが浮かんでいた。

「ええそうです、ラプソディ。まさにラプソディ姉妹です。なぜそれを……？　ま、まさか……」

「そのまさかです。彼女たちも、当ホテルに滞在しております」

6

「……では、どちらかの双子が事件に関与を？」
「現段階では何とも。そもそも、事件かどうかもまだ定かではありませんから。ただ
――」

できすぎている。あまりにも、できすぎている。二組の双子が、同じホテルに滞在しており、しかも二組ともスネイゲル・ツヴァイクと関わりのある者たち。

そして、死体のそばには〈双子〉の二文字――。

「ラプソディ姉妹はなぜツヴァイク様に嫌がらせを？」

「あの姉妹は、ツヴァイクが自分たちのことを小説にしている、とだいぶ前から難癖をつけていました。もちろん妄想にすぎません。ツヴァイクは特定の双子ではなく、双子にまつわるイメージを利用してホラー小説の味付けにしていただけなのですから。けれど、彼女たちは、あれは自分たちだと信じて疑わず、肖像権を主張していたのです。さらに彼女たちの父親が大企業の社長で、出版社への広告出稿を取りやめると脅しをかけてきたので、大事に発展しましたね」

「それは厄介ですね……人の妄想には柵《さく》がつけられませんから」

「ええ、本当に。でも、だからこそ彼女たちに出張先などが伝わらぬように、つねにツヴァイクは気を付けていたはずなのに……なぜバレてしまったのでしょう……？」

たしかに、おかしな話だ。通常、作家の行動がファンにバレるなんてあり得ないことではないか。

「ツヴァイク様がこちらにお泊まりになられることをご存じの方はどれくらいいらっしゃるのでしょう？」

「通訳の私と、担当編集の細野真紀子《ほそのまきこ》さん、あとは本国にいるエージェントのジェレミーさんくらいでしょうか」

「ジェレミー様は来日はされていないのですか？」

「ええ、今回はツヴァイク単独での来日でした。彼は日本語がまったく話せませんから、私が通訳を。とにかく、今までは、ファンに行き先がバレるような不祥事はなかったのですが……」

「なるほど。どなたが情報を漏らしたのか気になりますね」

これはただ事ではない。極秘で来日していたスネイゲル・ツヴァイクの居場所がバレていたのだ。万一ホテルの側が滞在をばらしたとなれば、個人情報の観点から国際問題となる。

ただ――小宮山さんがツヴァイクのファンならいざ知らず、私に言われるまで誰だか知りもしなかった。彼女がスネイゲル・ツヴァイクの情報をそのファンやストーカーに明かすことは考えにくい。ほかの非番のスタッフに関しても同様だろう。

「李姉妹に関しては、ツヴァイクが自分から教えた可能性はもちろんあります。彼は好色家とも言われていますから」

「でも、ラプソディ姉妹には教えるわけがない、ということですね？」

「ええ。ただ、李姉妹が知っていたのなら、彼女たちがどういう判断をするかはこんな時代誰にもわかりません。ＳＮＳで宿泊先を書いてしまっていた、ということもあり得ます。それこそ、ツヴァイクと同じ場所に泊まることを自慢したなんて、いかにも起こりそうな話ですよね？」

「ああ、たしかに、そうですね」

そうか、李姉妹から漏洩《ろうえい》した可能性もあるか。

人の口に戸が立てられても、人の指先は口を越えてモノを言う。

となると、まずは李姉妹に当たってみる必要がありそうだ。ラプソディ姉妹を直接当たるのはその後にしたほうがいいだろう。

「一つ重要なことを忘れていました。受付で面会の旨《むね》を伝えて二階に上がった時――外国の女性とすれ違ったのです。印象的だったのは、いま考えると、ツヴァイクの小説に出てくる双子の服装と同じだったからなんです。金髪に黒のゴシック風ドレスでした」

「作中の双子と同じ……？」

「ええ。一瞬だったので、顔までは確認できませんでしたが……そういえば、ラプソディ姉妹もＳＮＳではよくゴシックの服を着た写真を掲載していました。二人とも金髪です。もしかしたら、ラプソディ姉妹のどちらかだったのかもしれません……」

「その女性はどこへ向かわれていましたか？」

２０９号室なら、間違いない。だが、彼女はこう言った。

「たしか、二階の廊下の北端の非常口から出て行きました」

「非常口から……？」

もしそれが犯人なら、どこの部屋の客か悟られまいとした咄嗟《とっさ》の行動とは言えまいか？　いずれにせよ、重要な目撃情報が得られた。私は礼を言って次なる行動を考えた。ちょうど受付に、警察が現れた騒音が聞こえた。彼らの到着は匂いでわかる。これも職業病というものだろうか。

7

「殺された？　私たちのヒーロー、スネイゲル・ツヴァイクが？」

大げさに両手で口を押さえながら、李香花は言った。ゴスロリファッションに身を包んだ二人を区別するのは、今のところリボンの色だけだった。リボンが赤いのが李香花、青いのが李華音。

警察が彼女たちの存在を嗅《か》ぎつけるのはまだ先だろう。私にはまだロスタイムが残されている。

姉妹のドレスの色はいずれも黒。霧島美奈子の目撃情報に近い。ただ、彼女は〈外国の女性〉と表現した。李姉妹はたしかに外国の女性には違いないが、日本人にとってはアジア系ならば一見で〈外国の女性〉とは感じられない。髪も黒髪だ。ただし、そうした印象は鬘《かつら》一つでどうとでもなる。

李華音のほうは、耳を押さえていた。まるで〈いわざる〉と〈きかざる〉みたいだ。〈みざる〉がいないのが残念きわまりない。

「香花、話が終わったら手で合図してほしいネ」

李華音は両手で耳をふさいだままそう言った。李香花は、それに軽く頷いてから、私のほうに向きなおった。

「妹は、心をざわつかせる情報が一切ダメネ」

ホラーが好きなのに？　と思ったが、顔に出さないように努めた。が、その内なる疑問を李香花は見逃さなかった。

「ホラーが好きなのは、弱い心を少しでも強くするため。でもどんな怖いホラーに慣れ親しんでも、たった一人の人間の訃報《ふほう》に立ち向かえない。それが人間ってもの。違うカ？」

「たしかに。それで、お二人は午後三時十分頃、どちらにいらっしゃいましたか？」

「この部屋。もちろんネ。あなた刑事？」

「いいえ、違います」

「絶対、刑事ネ」耳をふさいでいるはずの李華音が入り込んできた。

「私は当ホテルの社員として、事件のあらましを管理しておきたいのです。そのほうが何かと混乱を防ぐことができるので」

　ふうん、と双子は声を揃《そろ》えた。もはや〈きかざる〉は完全なフェイクであることを隠す気もないらしい。見たところ、年齢は二十代かそこらだが、ロリータ趣味満載の服装のせいで、五つは若く見えた。

「私たち、この部屋の窓際に腰かけて音楽を聴きながら読書してたネ」

　二人は声を揃えて主張した。ただし、〈窓際に〉と言うときに示す方角はバラバラで、それぞれ部屋の左右の隅の窓に向かってイヤホンをつけて読書をしていたという。もともと身内のアリバイはアリバイとは呼びにくい。が、くわえて双方互いの姿を確認せず、イヤホンで音も遮断しているとなれば、もうアリバイ不成立だ。

「それに私たち、ツヴァイク先生と今夜飲むのを楽しみにしていたネ？　なのに私たちが殺すと思うカ？」と李華音。

「そうよ。何もしてないネ。ちょっとハリウッドに私たちを売り込んでほしいとか、そういうことは考えていたけれど、それがうまくいかなくて殺しちゃえなんて、そんなこと思ったりしないネ」

　李香花は、すぐにしゃべりすぎたことに気づいて、口を手で押さえた。〈いわざる〉は、度を越えておしゃべりだった。

「ラプソディ姉妹をご存じ？」

「有名人ネ」と李香花。

「すごーく有名ネ」と李華音。

「会ったことは？」と尋ねると、二人とも首を横に振った。

「SNSを通じては？」

「毎日見てるネ」

「そう、毎日ネ。だって……」

「私たち、ラプソディ姉妹に憧《あこが》れてるネ！」

二人はそう声を合わせた。改めて二人の服装を見る。なるほど、このロリータファッションはラプソディ姉妹からの影響という可能性はありそうだ。

ラプソディ姉妹がそれほどの有名人であるにも拘《かか》わらず、ホラー作家に嫌がらせをしていたことをどう捉《とら》えればいいのか。

いや、逆か……。

有名人だから、ツヴァイクが当然自分たちを知っていると考え、悪趣味な描かれ方をされたという被害者意識に駆られたわけか。

「ラプソディ姉妹のSNSにDMを送ったことはありますか？」

「恐れ多いネ！」

この反応。存外、ツヴァイクファンである以上にラプソディ姉妹のファンなのかもしれない。このホテルに泊まっていると知らせたら、さぞや狂喜乱舞することだろう。

いずれにせよ、今のところ彼女たちが嘘《うそ》をついている、と判断できる材料はない。ツヴァイクの当ホテル滞在情報を洩《も》らしたのが彼女たちではないとなると、仮に犯人がラプソディ姉妹だとした場合、ラプソディ姉妹はどこでこのホテルの情報を手に入れたのだろう？

私は最後にこう質問した。

「ところで、今夜お二人はスネイゲル・ツヴァイクと会食をすることになっていたと聞きました。今夜お会いになる作家の宿泊している場所にわざわざ宿泊されたのは偶然ですか？」

すると、彼女たちは答えたのだった。

「まさか」と李香花。

「まさかまさか」と李華音。

「私たち、このホテルの予約票をメールで受け取ったネ」

「予約票？」

私が問い返すと、彼女たちは同時にスマホを開き、同じようにスマホの画面をこちらに見せてきた。その両方に、ホテルの予約票が表示されていた。

〈シュル・グラン高円寺　ツイン　ご一泊〉

「えっと……どなたから？」

「もちろん、スネイゲル・ツヴァイク本人からネ」

双子は、顔を見合わせて、「ネ！」と言い合った。私はそれを見ながら、今回の一件はかなり厄介なのではないか、という予感に駆られていた。

8

李姉妹が見せてくれたＤＭの送り主は、たしかにツヴァイクのアカウントだった。フォロワーが百万人。どう見ても偽《にせ》アカウントに作れるフォロワー数ではない。そのアカウントから、ある日ダイレクトメッセージが届き、ホテルを予約した、と。

「私たちてっきりエージェントの方かと思っていたネ」

今回、エージェントのジェレミーさんは同行しておらず、確認するには本国に問い合わせないといけない。だが、英語のやりとりを見るかぎりでは、文章から下心が透けて見えるあたりツヴァイク本人によるものでは、と読める。今夜予定されていた交流会も、ツヴァイク側からの提案であるようだ。

「最後に確認しますが、お二人はまだ一度もツヴァイクさんとはお会いしたことがないんですね？」

「もちろんネ。だって今夜会うつもりだったんだもの」

「当たりまえネ。約束より前に会うなんて馬鹿《ばか》げてるもの」

私は重ねて尋ねた。

「でもここに宿泊していること自体はご存じでした？」

一瞬、二人は顔を見合わせた。それから、李香花が答えた。

「知ってはいなかったネ。ただ、ツヴァイクもどこかに宿泊するのだから、私たちの分を予約するなら同じホテルだろうとは想像できたネ」

人形のような二人の顔から感情を読み取ることは難しかった。ひとまずは額面通り受け取るしかない。それよりも、本命であるラプソディ姉妹の話を聞かなければ。そう考え、李姉妹の部屋を出た。

ラプソディ姉妹の部屋は北端の209号室。スネイゲル・ツヴァイクが宿泊した203号室の六つ隣で、非常階段にも隣接している。

ノックをすると、ほどなく甲高い英語が返って来た。

「いないわよ」

「いるけど出たくないの」

べつの声（こちらもそれなりに甲高い）が答える。双子には厄介者しかいないのか、と思わず考えそうになる。

「当ホテルにてトラブルが発生しまして、経緯をご説明させていただきたいので開けていただけますか？」

　ようやくドアが開いた。金髪の女性が顔を出した。彼女たちもまた黒のゴシック風ドレスを身に着けていた。李姉妹に比べてロリータ風味は薄いが、パッと見だったらどっちも似た衣装だろう。ただ、昨今この国も人種の多様性が見受けられ始めたとは言え、一般的な〈外国人感〉は圧倒的にラプソディ姉妹にある。

　双子のうち、髪を二つに結んでいるほうがジェシカと名乗り、髪を一つにまとめているほうがアンジェリカと名乗った。

　ラプソディ姉妹は、私の訪問を明らかに邪険に扱った。

「何なの、まったく。私たち、ただ高円寺を楽しみにして来ただけなのに。ねえ、アンジェリカお姉さま？」

「そうですわ、ホテルのトラブルなんて知らなくってよ」

　いいえ、そうはまいりません、と私はゆっくり話した。

「お二人は、なぜこちらのホテルをお選びになられたのですか？」

「泊まりたかったからよ」とジェシカが答える。

「泊まりたかったからですわよ」と横からアンジェリカが重ねる。

「お調べしたところ、お二人はツヴァイク氏にかなり陰湿な嫌がらせをしてらっしゃったとか？」

「誤解だわ！」とジェシカ。

「誤解ですわ！」とアンジェリカ。「陰湿な嫌がらせをしていたのはツヴァイクのほうです。彼はいつも私たちをネタにしていたのですわよ。双子が不吉な存在だって煽《あお》って、失礼しちゃいますわ。だから毎日嫌がらせのメールを出してやりましたの」

百パーセント彼女たちの被害妄想には違いないが、双子というものを悪く書かれたら、いい気分がしないのはわかる。

「それで今回、ツヴァイク氏と同じ宿に泊まられたわけですね？」

「……知らないわ」とジェシカ。

「……ぐ、偶然ですわ、偶然」とアンジェリカ。

アンジェリカのほうが、襤褸《ぼろ》を出しやすい性格のようだ。

「偶然、と仰いましたね？　つまり、こちらにツヴァイク氏が宿泊することをご存じだった。泊まることは誰に聞いたんです？」

アンジェリカの表情に焦《あせ》りの色が浮かんでいた。自分が致命的なミスをやらかしたことに気づいたようだが、時すでに遅しである。

「SNSですわ。教えてくれたフォロワーがいましたの。あら？」彼女は手元のスマホを操作して素《す》っ頓狂《とんきょう》な声を上げた。「もう削除されてますわね」

「……その削除されたアカウント主が教えてくれたわけですね？」

「そうですけど、これじゃ証明のしようがありませんわね。スクショもないですし」

彼女は英語でおよそそのようなことを早口でまくしたてた。

今夜、ツヴァイクがここに泊まることを知っていたのは、推定でしか知らなかった李姉妹は除外するとした場合、翻訳者にしてガイド役の霧島美奈子と編集者、ラプソディ姉妹の二名のほかには、アメリカにいるエージェントのジェレミーだけか。

「今日の午後三時十分頃、お二人はどこに？」

「もちろん、この部屋よ」

二人は声を揃えた。やはりこれもアリバイと言えるのかどうか。

「死体発見者の女性は、２０３号室へ向かう三時十分ごろ、ある人物とすれ違ったと話しています。その人物はゴシック風の黒のドレスを纏《まと》った金髪の外国人の女性だった、と」

「私じゃないわ。その時間、私はお風呂《ふろ》で動画を見ていたもの」

「私でもなくってよ。その時間、トイレで動画を見ていましたもの」

二人は同じ部屋にいながら、互いの行動が確認できない状態にあった。どちらかが嘘をついている、と考えることもできる。いや、その可能性は大いにあるだろう。問題はそれをどう証明するか、だ。

「最後に一つだけ。この字をご覧になりましたか？」

私はスマホで撮影した現場の〈双子〉の文字を見せた。ジェシカはじっと文字を見たあとで言った。

「まあひどい！　こんな字が現場にあったら、私たちが疑われてしまうじゃないの！」

9

「厄介な事件現場には必ずあなたがいますなぁ。たしか前回は家庭教師をされていた。今度は受付スタッフですか」

受付に戻った私を待ち構えていた木下刑事は、訝るようにこちらを見やってから頭を掻《か》いた。相変わらず、鰹節《かつおぶし》を削ったような縮れ毛茶髪に梅干しを食べたみたいな渋い顔をしている。

「一つの職業にじっとしていられないタチでして」

澄まして答えたが、木下刑事が私を覚えていたことにはやや面食らった。人間は制服を着ていると記号的に捉えて個として意識しないものと思っていたが、いささかこの刑事の観察眼を見くびっていたようだ。

「そういう刑事さんこそ、管轄《かんかつ》外じゃないですか？　前回は文京区、今回は杉並区ですから」

「異動になっただけです。刑事にはよくあることですよ。しかし、これはまた厄介な事件ですなぁ」

露骨に話題を変えるのは、降格異動だからだろうか。案外、この間の事件が未解決に終わった責任を取らされたなんてことも考えられる。

「事件、ということは、やはりあれは他殺死体なのですね？」

「間違いないでしょう。珈琲カップから致死量の毒性物質が検出されました。もっとも、自殺の線もまだ完全には捨てられませんが」

「自殺なら〈双子〉というメッセージはどう捉えますか？」

「そこです。遺書として意味不明。ゆえに自殺の線は考えにくい……とも思うんですが、反面、では他殺ならあのメッセージに意味が通るのかと言われるとねぇ」

そこで私は、いまホテルに二組の双子姉妹が滞在していることを話した。すると、木下刑事は目を煌《きらめ》かせた。

「なるほど！　双子が二組。いまドアノブの指紋を調べているところです。最近は指紋の重なり具合も科学的に順番がはっきりわかりましてね。第一発見者の霧島美奈子とこのホテルの小宮山さん、それからその後にドアを開けたあなたの三名より前に誰がドアノブを触ったのか、間もなくわかるでしょう」

　科学捜査がかくも進んでくるとミステリ作家はトリックを書きにくいことこの上ないだろうな、ああ、だから孤島モノや嵐で連絡の途絶えた館モノが増えるわけか、などと私はどうでもいいことを考えた。

「指紋から特定できるのですか?」

「ほかの部屋のドアノブの指紋も同時に採取していますから、もしべつの部屋の住人と指紋が一致すれば、その客の指紋を直接調べれば間違いがありません」

「その結果はいつぐらいに?」

「間もなく……」とそう言いかけた時、彼のスマホが鳴りだした。鑑識からの連絡だったようだ。二言三言やりとりをして電話を切ると、木下刑事は私のほうへやってきてこう言った。

「たった今、死体発見以前に最後にドアノブに触れた人間の指紋が検出されました。どうやら209号室にいる人物のようですね」

　209号室に泊まっているのは、ラプソディ姉妹だった。

「やっぱりそうですか……目撃情報とも一致しますね」

　その後の流れは、じつにスムーズだった。ラプソディ姉妹の指紋をその場で採取してデータ送信し、ものの五分でジェシカ・ラプソディのものだと判明したのだ。ところが、ジェシカは泣き叫んだ。

「たしかに私は行ったわ！　だけど、三時ちょうどくらいの話よ」

私が休憩に入った直後か。〈金髪の黒ゴシック娘〉が目撃されたのは三時十分。だが、それくらいの誤差は、考えようによっては、よくあるともいえる。

「それに、その時すでにツヴァイクは亡くなっていたの。私、気が動転して、そのまま逃げだして……」

私が同時通訳をしていると、「お待ちください」と勝ち誇った様子で木下刑事が制した。

「それは無理がある。あのドアはオートロック式です。宿泊者はツヴァイク氏一人。彼は死んでいたので、ドアは開かないはずです」

「そんなの知らないわ。ドアにストッパーがかかっていたんだもの。だからすーっとドアは開いたの！」

「ストッパーが？　ふむ……」

「それで私はドアを開けて、死体を見てドアを閉めるのも忘れて飛び出したというわけよ」

するど、横にいたアンジェリカが助太刀のつもりかこう切り出した。

「ドアの指紋はジェシカ一人のものですけれど、じつは私も同行しましたのよ。ジェシカ、隠しておいても意味がありませんし、そもそも何の罪もないのだから正直に話しちゃいましょう。あのＤＭのこと」
「あのＤＭ、とは？」

「午後二時半ごろですわ。例の、今はもう削除されているアカウントからメッセージが届いたんですの。〈ツヴァイクが到着した。二人で部屋を訪れて驚かせてほしい〉と」

「一体何者なんです？　そのアカウントは」と木下刑事が尋ねた。

「さあ、そんなの知りませんわ。ただ、ツヴァイクに近しい人間だと名乗ってはいました。最初はただの出鱈目《でたらめ》を言ってるのかと思ったけれど、その後、その人物が次々本人の近くにいないとわからないような情報を言ってきたので信じました」

「なるほど、で、ドアを開けたらすでに死んでいた、と。すると、犯人はあなた方より先にこの部屋を訪れて殺害に及んでいた、というのですね？」

木下刑事がラプソディ姉妹に聞き返した。だが、これは尋ねる相手が違うだろう。私が代わりに応じることにした。

「おそらくそうでしょう。つまり私がツヴァイク氏を部屋に案内した後、そしてラプソディ姉妹がここを訪れるより前、です。指紋はその一つ前にさかのぼることは可能ですか？」

「ちょっと待ってくれ」

木下刑事はすぐさま鑑識に問い合わせた。その合間に、ジェシカ・ラプソディが妙なことを言い始めた。

「じつは、私たちが２０３号室を訪ねる時、私たちと似たようなゴシック風のドレスを着た東洋人の娘さんを目撃したわ。本当なんだから」

「東洋人の……なんだって……？　となると、犯人は……」

ゴシック風のドレスを着た東洋人となると、彼女たちしか浮かばない。だが、まさか彼女たちが？

その時、鑑識からの折り返し電話があった。わかった、と短く答え木下刑事が背後に控えた部下に言った。

「２０６号室にいる李姉妹をここに連れてきなさい」

10

さて、連れてこられた李姉妹は、さっきまでとは打って変わって気まずい表情を浮かべていた。明らかに、窮地に追い込まれている。

木下刑事は今度こそ犯人を見つけたという勢いで彼女たちに尋ねた。

「２０３号室のドアノブから李香花さんの指紋が検出されました。なぜ部屋を訪れたのです？」

「それは……その……呼ばれたからネ。たしか二時五十五分のことネ。ＳＮＳで、部屋に着いたから少し話しませんかって」

彼女はしぶしぶといった感じでＳＮＳのＤＭ欄を見せた。たしかにそこには英語の生々しいやりとりが読み取れた。時刻もはっきりしている。やはりツヴァイクは愛読者に手を出すつもりだったようだ。

「でも部屋を訪れた時はすでに死んでいたネ」

「ほう？　どうやって死者の部屋に入ったのです？　オートロックで鍵のかかった部屋なのに。これは矛盾ですなぁ。はっはっは」と木下刑事は勝ち誇った。

「馬鹿なことを。ドアが閉まっていなかったネ」

「しまっていなかった……？」

「ええ。たぶん、ストッパーのようなものが挟まっていたネ。むしろ私はそのことで、ああこの方、紳士なんだと安心したくらいネ。ドアストッパーがあれば、密室じゃないから安心ネ」

これは、その後に部屋を訪れたラプソディ姉妹の証言とも一致している。男女が密室で会うことの危険性を思えば、たしかに彼女がそこに安心感を抱いたのも不自然ではないかもしれない。

「すると、ツヴァイク氏が殺されたのは、二時五十五分より前、私が部屋を案内した五十分より後ってことになりますね」と私が言うと、木下刑事はかぶりを振った。

「その前は、部屋を案内した時のあなたの指紋があるばかりです。そしてそれ以前のものはない。おそらく、清掃員がドアノブを掃除しているためでしょう」

「え……なんですって？」

木下刑事はぎらりと目を光らせると、李姉妹に「どうぞお部屋へお戻りください。お疲れさまでした」と告げた。二人は「まったくネ」と怒りながら部屋へと引き上げていった。

さてと、と言いながら、木下刑事はまるで調理を始める前の料理人のように手をパンと叩いて私のほうに向き直った。

「それでは、あなた自身のアリバイをお聞きしてもよろしいかな？」

その表情をみれば、彼が犯人を捕まえた気分になっていることはよくわかった。だが、あいにく私は犯人ではない。

「ええ、もちろん。私は二時五十分から休憩に入りました。本来は二時三十分から休憩ですから、すでに二十分過ぎていたんですけど、ツヴァイクさんがチェックインされたので、手続きや部屋への案内やらでそんな時間に。その後は、〈のせ杉ドッグ亭〉にまっすぐ向かいました」

「ほう。あの店へ？」

木下刑事は今にも涎を垂らさんばかりの顔つきになった。意外なところにジャンク飯の同志がいたものである。だが、すぐに木下刑事は表情を引き締めた。

「オホン……それを証明できる人は？」

「それはもちろん……」

王子の名を出しかけて、待ったをかけた。

ここで王子の名を出したら、王子に迷惑がかかることになりはしまいか。

「どうしたんです？　証明できないのですか？」

「いやその……お店の人が見ているかと」

これもまずいのではないか。店の人は、私がカウンター席で王子と並んで話す姿を覚えているだろう。となれば、連れがいたはずだとなる。その連れの名を明かさなければ、木下刑事はますます怪しんでくるだろう。

「や、やっぱり店の人は覚えてないかもしれません……」

「どうも怪しいですなぁ。署までご同行を」

と、そのとき、背後から声がした。

「その方なら無実だよ、木下刑事」

振り返ると、そこにサングラスもマスクもしていない、まばゆいばかりの美貌《びぼう》をさらけ出した天草茅夢が立っていた。それを見て、悲鳴を上げたのは、小宮山さんだった。

「あ、あああああ、あま……あま……あま……」

彼女はそのまま泡をふいて卒倒してしまった。警察官の多い現場で本当によかった。すぐさま彼女は正しい手当を受けることになった。

「天草さん、どうしてこちらに？」

思いのほか冷静な様子で木下刑事が尋ねた。そういえば、さっき王子は〈木下刑事〉と言った。とすると、この二人は顔見知りか。

「お知り合いですか？」

私は木下刑事に尋ねた。

「じつは刑事ドラマ監修を以前やったときにちょっと……」言いかけて、まだ私を疑っている最中だったと思い出したらしく王子のほうへ向き直った。王子に向き合う時、いちいちネクタイをきゅきゅっと整えるところを見ると、この人、かなり王子のことが好きなようだ。

「天草さん、彼女が無実というのは、どういうわけですか？」

「その人、僕と一緒にご飯食べてたから」

「この方と……天草さんが？」

私と王子を交互に見比べる。いや、言いたいことはわかる。なんでこんなホテルのスタッフ（それも転職したばかり）の女と一流を三乗したくらいの超一流芸能人が一緒にいたのか？　私のほうがその謎《なぞ》は解明したいくらいである。

「ずる……いや、おほん……それは本当ですか？」

いま、〈ずるい〉って言いかけました？　この人、けっこう本気で王子を推しているのでは？

「刑事さん、守秘義務って守れるよね？」王子は声を落とした。

「も、もちろんです！」

「じゃあここだけの話なんだけど」

王子はそうして耳打ちをした。すると、すぐに木下刑事は私のほうを二度見して目を真ん丸にして姿勢を正し、「これはご無礼を」

と謝ってきたのだった。

「本来であればアリバイとは言いがたいですが、他ならぬ天草さんなら、もちろんアリバイは成立であります！　たいへん失礼致しました」

王子はいたずらっぽく私に微笑《ほほえ》みかけた。太陽を直視したような衝撃に、思わず私まで卒倒しかけたのは言うまでもない。

それにしても――王子は一体、刑事に何を耳打ちしたのだろう？

11

「木下刑事、一つ見落としていることがあるよ」

一通り事件のあらましを木下刑事から聞き、現場の状況も廊下から確認した後、受付に戻ってきた王子はおもむろにそんなことを言った。

「え？　見落としていることですって？」

「うん」と王子。それが何なのか、私にもよくわかっていた。すると、それを見抜いたのか、王子は私に尋ねた。

「潤子さん、わかってるんでしょう？」

「あ、ええ、じつは……つまり、発見者の霧島美奈子さんがこの部屋を訪れたとき、部屋のドアは閉まっていたということです。対して、李香花様も、ジェシカ・ラプソディ様も、ドアストッパーでドアが開いていたから入ることができた、とは仰いましたが、お二人ともドアストッパーを外して閉めた、とは仰っていません」

つまり、李香花とジェシカ・ラプソディ以外の誰かがその後にドアストッパーを外していることになる。

「なるほど……すると、ジェシカ・ラプソディの後に誰かが？」

「そうなりますね」

「だが、指紋はジェシカ・ラプソディの次が霧島さんだった」

「手袋を使えば指紋は残りません」

こんなことは私でなくても、誰でも気づくことだろう。むしろ木下刑事こそが一番に気づくべきなのだ。この人、前回の事件のときもそうだが、難しい顔をしているわりに、少し鈍いところがあるようだ。推理小説で適当な推理をかます胁役刑事になら、丁度いいかもしれない。

「だが、その人物は霧島さんが目撃した黒のゴシック風のドレスを着た金髪の女性だった。特徴としてはラプソディ姉妹と一致している。となると、無意識でジェシカ・ラプソディが閉めた、とも考えられるが……」

「いいえ、それはないでしょう」と私は答えた。「ジェシカ・ラプソディ様はこう仰ったのです。死体を見てドアを閉めるのも忘れて飛び出した、と」

「なるほど……すると、誰かがストッパーを外してドアを閉めたわけですか。そしてその人物はご丁寧に手袋をつけ、わざわざゴシック風のドレスを着て、金髪の鬘をつけた?」

「鬘をつけたとは限りません。これが双子ゆえの犯罪の目くらましということも考えられます。つまり、ジェシカ様が去った後、現場に隠れていた真犯人のアンジェリカ様が、ドアストッパーを外した可能性も」

「ふむ。それはたしかに。双子がもう片方を欺《あざむ》いての犯行という可能性ですな？　その場合、李香花より前にアンジェリカは一度手袋をつけてあの部屋を訪れ、毒を仕込んでいることになりますな」

同室にいながら、互いの位置を確認し合っていない以上、アンジェリカ・ラプソディには何のアリバイもないともいえるのだ。

だが――際どい作戦にも思える。あまり巧妙とは言えない。

その時だった。ロビーで仕事をしていたらしい霧島美奈子が、受付の私たちのもとまでやってきて話しかけてきた。

「あの……ちょっとお伝えしたいことが。これはフェアじゃなくなると嫌なので、先にお伝えしておこうかと思いまして……間もなくここに到着する、ツヴァイクの日本の担当編集者について」

「ああ、担当編集さんがこちらに向かわれてるんですね？　それは助かるな。いろいろ事情がわかります」

「その、新浪《しんろう》出版の細野真紀子という編集者なんですが……」

なぜか霧島美奈子は言いにくそうに言葉を濁した。

「どうかされたのですか？」

「彼女、いまこちらに向かっているのですが、先に申し上げておきたいと思います。その、つまり――」

その時、ドアがバタンと開いた。

「ツヴァイク先生のご遺体はどこですか？」

その女性の顔をみて、霧島美奈子が何を言わんとしているのかはよくわかった。そこに現れたのは、二人目の霧島美奈子と言っても過言ではないほどにそっくりな容姿の女性だった。二人にはほぼ服装の違いしかなかったのだ。〈双子〉と書かれたメモのことを言った時、顔を引きつらせていたのはこういうことだったのか。

「妹の、細野真紀子です。すでに結婚しているので苗字が違いますが、私たちも一卵性双生児なんです」

細野真紀子は、なんとゴシック風の黒のドレスを着ていた。しかも髪は金髪だった。後ろ姿だけなら、外国人に見えても不思議はない。

12

「ちなみに、真紀子さんはさっきまでどこにいらっしゃいましたか？」

木下刑事は、しげしげと双子の顔を見比べながら尋ねた。

「それは……私が疑われているということ？」

ゴシック衣装に包まれた編集者が怪訝《けげん》な顔をした。小柄でゴシック風なため、遠目には少女に見えなくもないな、と私は考える。

「いいえ、形式的な質問とお考え下さい」と木下刑事。

「私は……高円寺駅前の全国チェーンのカフェのカウンターでゲラ作業をしていました。ツヴァイクと打合せの時間までのつもりでしたが……」

「では、目撃者が？」

「それはどうでしょう。混雑していましたし。ただわりと長い時間いましたから、店員さんは覚えているかもしれませんが」

「レシートはお持ちですか？」

「あ……ついクセで、会社に請求できないレシートだと思って、捨ててしまいました」

表情に不自然なところはない。だが、この状況で最も怪しいのは彼女なのではないか、という気がしてきた。たとえば、細野真紀子はツヴァイクの到着直後に部屋を訪れる。

非常用の出入口はホテルの裏側にある。チェックイン時に会計も済ませる仕組みだから、べつだん逃げられて困ることもなく、非常口は万一に備えて常に開放されている。部屋番号さえ知っていれば、ノックをして入れてもらうことはできるのだ。

たとえば、毒殺した後、そのままベッドの下にでも隠れておいて、最初に李香花が、次にジェシカ・ラプソディが現れたのをやり過ごしてから、ドアストッパーを外して外に出る――。

ただ、この場合、どちらかの双子に疑いをかけるためならば、今こうやってゴシックドレスで現れるのはマイナスでしかない。自分の計画的犯行を無にしてしまうだけなのだ。

それにしても――双子が多すぎる。

一組は熱烈なファン、一組はクレーマー、そしてもう一組は編集者と翻訳者。なぜこうも双子ぞろいなのか。

「ううむ……ちょっとここは頭を休めましょう。と言っても、有名人の方がいらっしゃいますから、外へ行くのも気が引けますな」

ここは私が取り仕切るべきか。ちょうどその時、夕方から出勤のスタッフの田中君が現れた。これで一安心だ。受付は彼に任せておけばいい。歳は若いが私よりはベテランである。田中君は事態を飲み込めないようで、おどおどしていた。私は彼に事情を話し、現場を任せる手はずを整えてから、木下刑事と王子に言った。

「よろしければ、ラウンジでお茶でもいかがでしょうか？」

なぜだか木下刑事は王子のほうを見てわずかに頬を赤らめ、嬉々《きき》として深く頷《うなず》いた。

「そうさせていただきましょう」

13

〈シュル・グラン高円寺〉のラウンジには、常時料理人のジュゼッペと給仕の摩礼《まれい》さんがいる。ジュゼッペはこの時間は、いつもディナーの仕込みに忙しく厨房《ちゅうぼう》に籠《こ》もっており、珈琲や紅茶の注文が主な昼間は、もっぱら摩礼さんの独壇場となる。摩礼さんは先代の頃からこのホテルにいた大ベテランで、このホテルの品格の名残が凝縮されたような女性だ。私がカウンターにやってくると、

「何やら、たいへんなことでございますわね。こんな時には心を落ち着けるダージリンティーがよろしいかと」

とすべてを心得たように言った。

「ありがたいです。よろしくお願いします」

彼女はすぐさま支度にとりかかった。五分もせずに、彼女はトレイに三つのカップとダージリンティーの入ったポットを載せて現れた。

木下刑事が仲間と連絡を取り合う間、私と王子は二人でダージリンティーを飲んでいた。王子は椅子に腰かけ、優雅に足を組みながらスケジュール帳と睨《にら》めっこをしていた。どんな体勢でも絵になってしまうのだから、一流芸能人というのは、まったく恐ろしい

生き物である。

「さっき、木下刑事に耳元で、なんて言ったんですか？」

向かいの席、すなわち特等席に腰を下ろして私は尋ねた。

「ああ、あれね、僕の婚約者って話したんだ」

心拍が一気に爆音を奏《かな》でる。まずい、死ぬかもしれない。

「……ごめんなさい、それ事実になったりしませんかね」

「え？　事実？　どういうこと？」

王子はきょとんとしている。ダメだよ、推しをこんな妄想に付き合わせてはいけない。

だいたい、妄想としても反則だ。

「いや、何でもありません……でも本当に助かりました」

「さっき、店に忘れ物してたから届けにきたんだ。はい、これ」

そう言って王子がポケットから取り出したのは、なんと不覚にも商売道具だった。

「あ……ごめんなさい」

どうやら、マイク付きワイヤレスイヤホンを落としてしまったようだ。これがなかったら、業務中にさりげなく澤村とやりとりすることができず困るところだった。

王子は手帳を閉じると、私のほうに向き直った。正面アングル。ああすごい。この瞬間に昇天しても悔いはないだろう。

「それはそうと、僕はこの事件、犯人視点に立って考えることが大事だと思う。まず、犯人はツヴァイクの部屋に入った。どうやって入ったんだろうね？」

「顔見知りなら、ノックして入ったんじゃないかと思います」

「ドアストッパーをかけておいた意味は何だろう？」

「二つ考えられます。一つは自分が現場に戻るため。もう一つは、他の何者かに現場を目撃させるため。今のところ犯人が現場に戻る意味はなさそうなので、後者の可能性が高いと考えられます」

「ふむ。でも、目撃させるメリットがないとダメだよね。ラプソディ姉妹の犯行だとしたら、非常に無駄が多くて、しかも結果的には自分たちに嫌疑が向く可能性もある危険な作戦ともいえる」

「疑惑が固まりかけたらジェシカがやったと言って否認。ジェシカもアンジェリカがやったと言って否認、という作戦では？」

「ああ、そんな推理小説が昔あった気はするね。たしかに、ジェシカの後にまたジェシカが戻った可能性もあるし、そもそも現場に留まっていた可能性もある。ただ、どのみち現実で考えたらやっぱり危険な作戦だよね。綱渡りすぎる」

「では、李華音はどうでしょう。ラプソディ姉妹に化けて犯行現場付近で霧島美奈子に目撃されることで、姉の潔白を守ろうとした、とか」

「でも、二人はラプソディ姉妹のファンでもあって、ここにラプソディ姉妹が宿泊していること自体を知らなかったんでしょ？」

「あっ、そうでした……そうか……でも演技かもしれませんし」

「演技だとしても、一つ不自然な点が。つまり、その作戦を使うなら、せめて警察が来るまでに着替えておいて黒のゴシック風のドレスは着ていないほうがいいよね」

「たしかに！　まったくそうですね。さっき現れた編集の細野真紀子さんにしても……こんなタイミングでゴシックドレスに金髪で現れたら、せっかくの計画が台無しですもんね」

「そのとおり。双子であることを利用した犯罪っぽくは見えるのに、よくよく検討していくと無駄が多い。それに、もう一つダイイングメッセージの〈双子〉の問題がある。もしも犯人が今の六人の誰かだったら、あの字に気づいてすぐに消すんじゃないだろうか？」

「なるほど。李姉妹は漢字の文化圏ですから、双子というのは、中国でも〈双生子〉と書くのでピンときそうですね。それに、ラプソディ姉妹も日本語の読み書きはできるはず。私が〈双子〉の字を見せた時、ジェシカはこう言いました。《まあひどい！　こんな字が現場にあったら、私たちが疑われてしまうじゃないの》」

「ふうん。つまり、一目見てそれの意味を理解したってことになるね」

「つまり……彼女たちが犯人なら消しているはず。だから、彼女たちは犯人ではあり得ないってことになるんでしょうか？」

「そこまでは言い切れないけど、双子という特性を生かすなら、もっとうまい犯行があった気がするね。たとえば、もっと離れた場所に片方がいて、そこに二人ともいたと思わせる、とかね。そういう工夫があれば、双子トリックにも意味があるんだけど、現状この犯行自体に双子であることを利用した要素はない。あるにはあるけど、危険性が高い。それなのに、我々が双子の線を疑っているのは、ただ被害者が〈双子〉と書き残しているという一点に尽きるんだよ」

「とすると、双子以外を当たるべきなんでしょうか？　じつは我々は〈双子〉という言葉にミスリードされている、と」

「あるいはね」

現在、ホテルは満室で、全部で二十名近くの客が宿泊している。いずれも国籍はバラバラだ。彼らについても調べる必要があるだろうか。

しかし、李姉妹とラプソディ姉妹のようにツヴァイクとつながりのある者がさらにほかにもいたと考えるのは、さすがに偶然が過ぎるのではないだろうか？

「でも、双子か双子じゃないかはともかく、犯人がツヴァイクの関係者なのは確かで、そうなると今のところ――」

「双子しかいないことになりますね」

やはり、双子が多すぎる。

「しかし、じつはこの中で、犯行計画に双子である意味が発生する双子が——一組だけいることはいる」

「え……それは、誰ですか？」

王子は小悪魔的な微笑を向けた。殺人的な破壊力をもったその笑みは、王子がすでに私の知らない正解を手にしていることを意味してもいるような気がした。

「それはね、翻訳者の霧島美奈子と、編集者の細野真紀子だ」

「え……」

その声は、まだ刑事には聞こえていなかった。

「まあでも、これは単なる可能性の話だから、あまり大きな声では言いたくないな。それより、潤子さん、お腹すいてるんじゃないの？」

言われて初めて、さっきから小さく鳴り続けている腹の音に気づいた。そして、同時に王子の足元に目がいった。

「……王子、まさか王子も、またお腹が……？」

長い足を組んでいる王子の黒革靴の先端が、小刻みに揺れていた。ジャンク飯の禁断症状が出ている。さっき、昼ごはんを私の分まで平らげたのに？

「主演映画の撮影が明日から始まるから、このところずっと食事を制限していてね。今日は反動がすごいみたい」

そう言って恥ずかし気に頬を染める王子は、偽婚約者の称号を得た私だけに見ることの許された永久保存版のサービスショットだった。私は心の中で撮影ボタンを押しながら、もう来世は地獄でもいいとすら思えてきたのだった。

14

「抜けてしまってよかったんですかね」

木下刑事は、私が昼食をとりに行きたいというと、ここで食べられないかと渋ったが、王子が彼女は休憩時間を満足にとれなかったんです、と主張した結果、許されたのだった。木下刑事は一緒について来たそうだったが、現場の状況がそれを許さなかった。推しの同担なので、同情を禁じえないが、仕事なのだから仕方あるまい。

王子は外へ出ると、〈のせ杉ドッグ亭〉へと向かって歩き出した。さっき食べ損ねた私としては非常に助かる。けれど――。

「いいんですか、王子。本日二度目ですよね。しかもさっきは私の分と合わせて二人分を……」

「僕はあそこのメニューなら朝昼夜ぜんぶ食べても構わないって思ってるから」

「そ、そんなに……？」

王子のジャンク飯ジャンキーぶりを忘れていたわけではない。だが、改めてこう聞かされると、よくこの体形を維持できてるな、とか、いろいろ感動が走る。

店に着くと二人でカウンター席のいちばん隅に詰めて座り、〈のせ杉ホットドッグ〉を注文した。

「はいよ、お待ち」

店主フランツさんの威勢のいい声と共に、注文してものの三分で出てきた。このまま食べなかったら夢にでも出てきたかもしれない〈のせ杉ホットドッグ〉が、今まさに私の目の前で湯気をもわりと上げていた。

そして、芳《かぐわ》しい香り。ぎゅるぎゅるる、と途端に私の胃袋がおしゃべりになり始めた。〈のせ杉ホットドッグ〉は、もう何度か食べているが、その見た目のジャンクぶりもさることながら、匂いが空腹の胃袋を強烈に刺激してくる一品なのだ。思わず王子がいるのも忘れてがっつきそうになる。

ドッグロールの間には細いソーセージが大量に挟まれ、その上から生玉ねぎ、ピクルス、オリーブ、チーズがこれでもかとかけられ、ぎゅう詰めにして包まれている。日本人の標準的な口のサイズから言えば、かなりギリギリを攻めた商品だが、それを頬張ったときの満足感は圧倒的である。

カリッと焼かれたロールパンの食感。次いで、ソーセージのジューシーさが、酸味も爽《さわ》やかなピクルス、オリーブとともに口内で洪水を起こす。そこにピリッと引き締まる生玉ねぎ。高カロリーであることを忘れさせる見事なバランスだ。

しかし一体となってアンサンブルを奏でながらも、やはり主役はソーセージだ。仕込まれたフィレ肉、香草、パプリカの風味に、ローズマリーの香りが合わさってまたとない刺激的な香りが醸成されている。

「今回の事件はこの料理を前にして語るのがふさわしいかもしれないね」

不意に王子がそんなことを言った。

「どういう意味ですか？」

「双生児《ソーセージ》が多すぎる――まさに今回の一件は、この料理のようにジャンクな事件だった」

「はひはに（たしかに）」と相槌《あいづち》を打ちながら、もはやもうそれどころではないという勢いで私は二口目にかじりついていた。

ソーセージが細く小ぶりなので、ぎっしり入っているのに食べにくさが一切ない。そのため、一度食べ出したらもう無我夢中である。

あっという間に半分ほど勢いよくかぶりついてしまって、ふっと我に返った。

「あー幸せ……」

「ふふ、よかった。僕ね、潤子さんの食べる姿みると元気が出るんだよ」

「え……な、なんでですか？」

「とっても勢いがいいんだもの」

「……それは品がないのでは？」

穴があったら入りたい。いや、でも入ったら王子の顔が見られないのでやっぱり入らないかもしれない。私は羞恥心《しゅうちしん》を紛らすべく、事件の話を始めた。

「それで、さっき言いかけた話なんですが、翻訳者の霧島美奈子と、編集者の細野真紀子には犯行を計画する意味があるとか何とか」

「その話ね。昔、とあるミステリに、双子がそれぞれに自分ではなく相手がやったと主張する、結果的にどっちかがやったのは確かだけれど犯人として捕まえられないというのがあった」

「あ、それ私も読んだことがあります」

というか、そのミステリのことをさっきも思い浮かべていたところだ。ただ、あれは現実にやると綱渡りすぎるし、今回はとくにメリットが薄い、と却下したのだ。

「今回、もし双子である意味があるとしたら、この手法じゃないかなと思う。第一発見者である霧島美奈子さんは、当然指紋があるし現場にもいるけど、密室だったから犯行は行なえない。細野真紀子さんのほうはカフェにいて一応のアリバイがある。だけど、たとえば二人の服装が入れ替わっていたら、我々は気づけるかな？」

「というと？」

「つまり、警察が来る直前まで霧島さんと細野さんが入れ替わっていた可能性だね。指紋の順序は李香花、ジェシカ・ラプソディ、その次が霧島美奈子さんで、最後が小宮山さんだったよね。もしも小宮山さんを呼びに行ったのが細野さんだったらどうかな？」

「え……その段階では細野さんが霧島さんの恰好をしていたってことですか」

「そう。その場合、細野さんはドアに触れてもいないのに、ドアが開かないと言って呼びにいったわけだ。それは何故か？　その間に霧島さんが現場から逃げる時間を作った。実際には、彼女は一階のトイレにでもとどまっていたのだろう。そして、警察を呼ぶまでのあいだに、二人はもう一度入れ替わり、細野さんは非常口からいったん外に出る」

「そうする意味は何でしょう？」

「第一発見者の霧島さんの指紋だけがドアに残る。入館時間も知っているので、誰も霧島さんが犯行に及んだとは疑わない。しかも、ゴシックドレスの娘を見たという証言がある」

「待ってください。でも、アリバイがなくなりませんか？」

「チェーン店のカフェは前払い制だよね。荷物を置いておいて、前半は霧島さんがカフェにいて、その後抜け出してここへやってくる。今度は細野さんがカフェに向かい荷物を回収してからカフェを出る。出入りの自由なカフェでは客が席にいなければトイレにいるのかと思うだろうし、それほど把握してはいない。あとは、荷物をまとめて出るときに店員にごちそうさま、とでも言えば、ああそれまではいたんだな、という感覚を与えられる」

「なるほど。これなら、双子であることを利用した犯行になりますね。では、あの姉妹が犯人ということで決定でしょうか」

「それなんだけどね……そうはならないと思うんだ」

「え、ならない……？」

てっきり今のが真相なのかと思っていたが——。

「結局さ、〈双子〉というダイイングメッセージがあるでしょ。あれを見逃すのは間抜けすぎる。ほかの双子のほうが、まだ母国語じゃないから見逃す可能性はある。あともう一つ、細野真紀子さんがゴシックドレスのまま現れる必然性がない。彼女が犯人なのにあんな恰好で現れたら、犯人候補だと言わんばかりだからね」

そう、その点は私も感じていたことだった。

「じゃあ、やっぱりあの二人も違いますか……」

「意外な二人を組み合わせるってこともできるけどね。たとえば、ラプソディ姉妹の片割れと、李姉妹の片割れ、とか。どっちの双子の犯行か分からず立件できないという狙《ねら》いは、くだんのミステリの上をいく双子ネタとして斬新《ざんしん》といえば斬新だけど……そもそも犯行の可能性を双子のどっちかに限定するような犯行ってかなり危険度が高いよね。奥の手としてはアリかもしれないが」

「じゃあ、あの六人の中には犯人はいない……？」

「現実的に考えると、そういうことになる」

「それじゃあ……え、まさか、犯人は小宮山さん？」

今のところ、今日警察の取調べを受けたなかでは私と小宮山さんだけが双子ではない。双子ではないから〈双子〉というメモにも反応しなかった、という可能性はある。

「いや、彼女でもない。霧島さんが目撃したゴシックドレスの娘になる時間がないからね。彼女はそのとき受付にいたわけだから。それより、さっきのランチの時のことを思い出してほしいんだ」

「さっきの？　ああ、私が途中で席を立った時の」

「あの時、潤子さんと入れ違いで、一人の白人男性が入店してきたのを覚えてる？　かなり小柄で、女性と同じくらいの背丈の人だった」

私は記憶を探り、汗っかきな小柄な外国人のことを思い出す。

「……あの人が、何か？」

「この涼しい季節に、彼は汗だくだった」

「たしかにそうでしたけど」

「おかしくない？　もうすぐ十月だっていうのに。まるで長い間狭くて暑い場所に閉じこもってでもいたみたいじゃないか」

「そうですが……それが、どうかしたんですか？」

「僕が現場をみて、真っ先に気になったことが一つあるんだ。枕元にはツヴァイクの財布などの貴重品がきれいに並んでいた。そして中身がすられた形跡もなかった。つまり、物盗りの犯行ではない。だけど、大きなトランクがあって、それが開きっぱなしになっていたよね」

「そうでしたね。服などが、散らばっていました」

「服が数枚、それ以外にはなかった。おかしくはないかい？」

「……何がですか？」

「超大きなトランクに、数枚の服しか入っていないなんてさ」

大きなトランクに、数枚の服。余裕がありすぎるといえば、たしかにそうかもしれない。だが、そこで私の思考は止まってしまった。

「それは……え……どういうことですか？」

「つまりね、トランクに彼は何者かを隠し入れた状態で入国したんじゃないのかな」

「え……えええええ？　だ、だだだだ誰をですか？」

あまりに突拍子もない推理に、声まで裏返ってしまった。だが、たしかにトランクに数枚の服しか入っていなかった理由はそれで説明がつくと言えばつくが――。

「だから、僕らが〈のせ杉ドッグ亭〉で見かけた小柄な男性をさ」

あの汗だくだった小柄な外国人が、ツヴァイクの鞄の中にいた？

「あの男の人は……一体何者なんですか？」

王子は、ホットドッグにマスタードを足しながら言った。

「その答えは、まさにここで話すのが相応《ふさわ》しいかもしれないね」

15

「前に、ツヴァイクのインタビュー記事を読んだことがある」

王子は、おもむろにそう切り出すと、そこからまるで洋画の日本語吹き替え版みたいに大げさな雰囲気で語り始めた。

「『ママは大きいことはいいことだって考えでね、僕のことをXLって呼ぶんだよ。たしかに、大きすぎるからね。それに対して兄貴のことはXXSっていうんだ。極小よりさらに小さいって。たしかにね。僕と一緒にいると、よけいにそう思うんだろうなぁ』」

似たことを、ツヴァイクが言っていたのを思い出した。

——ママは僕をＸＬクンと言ったもんさ。ママは大きいことはいいことだっていう考えでね。兄貴が体が小さかったから、大きく育ってほしかったママにとって、僕はよけいに自慢の息子になっちゃったんだな。

〈兄貴〉と言っていたから、ご兄弟がいるのか、とあの時はぼんやり考えたが——。

「まさか……」

「そのインタビューを思い出して、ダイイングメッセージのことを考えた。〈双子〉という字の中には〈ＸＸＳ〉が隠れている。そこにペンで後から棒をいくつか足せば、〈双子〉と読めるだろう」

「それじゃあ……犯人はツヴァイクの兄……？」

私は脳内であのツヴァイクが書き残した〈双子〉の字から〈双〉の字の上の横線を二つ消し、〈子〉の中にある二つの横線を消してみた。すると、たしかに〈ＸＸＳ〉の字が現れたのである。

それは思いつきもしないことだった。しかし、散々これまでの話を聞き、一つ合点がいったことがあった。

「そういえば、王子はこの店に来る前に、書店でツヴァイクを見たと仰ってましたよね？　あの亡くなったツヴァイクは日本語がまったく書けなかったんです。チェックインのときも英語でした。それなのに、王子は日本の書店で見た、と。それも、挙動不審で、ときどき独り言を言っていた、とも」

「そう、ツヴァイクは日本語がダメだった。それなのに日本の書店になぜ現れたのか？　それは旅行鞄の中にいる人物が書店に寄ってほしいと頼んだからじゃないかな。そして、その人物が鞄の中から探す本をリクエストするもんだから、それに応《こた》えていた。それが僕の目からみると独り言を言っているように映ったんだろう」

「なぜ鞄の中に隠れていなければならなかったんですか？」

「一人で来ていると思わせたかったんじゃないのかな。もしかしたら、兄にはあまり権限がなかったのかもしれない」

「それなのに連れてきたのはなぜでしょう？」

「たとえば、作品の中身について、ツヴァイクは答えるのが苦手だったかもしれない」

「……どういうことですか？」

作品の中身について答えるのが苦手な小説家なんているのだろうか？

「つまり、執筆していたのが、兄のほうだったとしたら？」

「えっ……そ、そんな……」

その可能性はまったく想定していなかった。そうか、ツヴァイクが自分で小説を書いていなかったとしたら、単独での来日は不安で仕方ないのも無理はない。

「彼はスポークスマンで、執筆は兄に任せていたんじゃないのかな。彼はどの記事でも兄貴と呼んでいるが、おそらく彼は双子、二卵性双生児だろう。だから似ていない。たびたび双子のイメージが出てくるのは、双子でありながら、表に出ることを許されない不遇を背負っている兄のコンプレックスが表現されていたんじゃないだろうか。彼はずっと、ツヴァイクの影武者として生きてきた。けれど、何かのきっかけでこれ以上は我慢できないと思うに至った。それが――」

「李姉妹ですね？」

「そう。女好きのツヴァイク――いや、兄もツヴァイクなわけだから、ここは弟の本名のアベルと呼ぼうか。アベルは、ファンに手を出そうと考え、来日情報をＳＮＳ上で李姉妹に教え、同じホテルを予約した。自作を愛してくれている李姉妹――しかもたぶん兄は李姉妹が少女だと思いこんだんじゃないかな。だから十四、五歳の少女を餌食《えじき》にしようとするアベルの性嗜好《しこう》が許せなかった兄は、二人が毒牙《どくが》にかかる前に何としても殺さなくては、と考える。そこで、別アカウントから、同じ双子でツヴァイクを逆恨みしているラプソディ姉妹を同じホテルに呼びだした」

「狙いは何でしょう？」

「もちろん、ラプソディ姉妹に殺人の罪をなすりつけるためさ。ダイイングメッセージを〈ＸＸＳ〉から〈双子〉へと書き換えたのも、もともと呼び付けた双子に犯行をなすりつけるのに好都合だったからさ。ところが、その前に、公式アカウントからアベル自身が李姉妹を部屋に呼び付けていた」

「なるほど。それは兄も予想外だったわけですね？」

「そう。だから、ドアストッパーを挟んでおいた時、最初に李香花がやってきて、兄は驚いただろうね。ベッドの下に隠れて彼女が去るのを待つ。次にやっとジェシカ・ラプソディがやってくる。そうして彼女が逃げ去っていくのを確認してから出て行く」

ラプソディ姉妹の指紋が最新となったことで、容疑は彼女たちに向く。そのために二人に宿泊情報を伝えていたのだから、途中に李香花の来訪という想定外はあったにせよ、最終的には計画通りにことを進められたということだろう。しかし、もちろん、〈出て行く〉と言っても、兄はふつうの恰好で出て行ったわけではない。何しろ、例の目撃証言がある。

「つまり、ゴシックドレスを着た、女装で出て行ったわけですね？」

「そう。ただし、そのままでは目立つから、外に出たらすぐ脱いだ。着替える暇はない。ドレスを脱ぎ、鬘《かつら》を外すだけの単純な着替えさ。ドレスの下に着ておかしくない恰好といったら、Tシャツに半ズボンと、この季節にしてはやや寒そうな恰好になるのもやむを得ない」

「なるほど……そして、トランクの中にずっといたから、汗だくというわけですね？

……すごい……でも、彼は今どこに？」

さっきまではこの店にいた。だが、今は店内を見回してもその姿はない。それはそうだ。こうしたジャンクフード店では長居する客は滅多にいない。

「さあ、それはわからないな。でも、あの世界的に有名なホラー作家だから資産はたっぷりあるし、日本語も堪能だろう。おそらく、エージェントのジェレミーなんて実在しないんだ。パイプ役のふりをしていただけで、それこそが真の実作者である兄だったんだろう。もしも事前に日本に住処《すみか》を見つけていれば、ひっそりと永住することも考えられるね」

「でも、ツヴァイクの新刊はもう書けません。これから先の収入はないわけですよね」

印税の支払いなどは、弟の口座になっていたのではないか？　そうなると、今後、旧作からの印税などで食いつなぐこともできまい。

「ツヴァイクは前からリヒャルト・ブロスっていう作家と同一人物なのでは、という噂《うわさ》があった。それというのも、リヒャルト・ブロスの作品にもやっぱり双子がモチーフで出てくるからだ。確証はないけど、今後リヒャルト・ブロスとして生きていく可能性はある。邦訳担当は、同じ霧島美奈子さん、版元も細野真紀子さんの勤める新浪出版だしね。あの二人は案外、ツヴァイクの正体を知っていたかもしれない。少なくとも、死んだツヴァイクをみても涙一つ見せなかった」

「そういえば、そうですね……」

ほかの双子はともかく、霧島美奈子と細野真紀子は出版界のいわば仕事仲間であり、もっと何らかの感慨があってもいい。なのに、彼女たちはきわめて淡々としていた。

それはつまり――。

「……金の卵がべつにいることを知っているからってことですか」

それ以外には考えられまい。彼女たちは、亡くなった男が、作家の〈スネイゲル・ツヴァイク〉ではないことを知っていたのだ。

「アベルは、もしかしたら彼女たちにとっても邪魔な存在だったのかもね。そもそもファンに手を出すなんて、あるまじきことだから」

その強い口調から、王子がファンを大切にし、一線を引くタイプなことが窺《うかが》えた。でもその一方で、こうして私と対等に話し、ジャンク飯の友と考えてくれていることはどう捉えたらいいのだろう？

それはある意味で一線を越えてはいないのだろうか？

いやいや……この思考自体がだいぶ図々《ずうずう》しいな。

私は自省を促しつつ、残りの〈のせ杉ホットドッグ〉を詰め込んだ。最後まで風味がよく、胃もたれすることなくジューシーな味わいが続いた。最後のひと欠片《かけら》を慈《いつく》しむように胃袋に収めると、私の腹はぴたりと満ち足りた。

のせ過ぎだったはずのソーセージは、しかし実際には適量であったということだろう。まったく、〈過ぎる〉のに適量だなんて、おかしな話だけれど、それがジャンク飯の不思議というものだろう。

「ごちそうさまでした……本当に双生児が多すぎる事件でしたね」

「まあ、ソーセージなら、多いぶんには全然構わないんだけどね」

王子はそんな紛らわしい冗談を言いながら、本日三つめになるはずの残りのホットドッグを上品に平らげていた。その美しい横顔の隣にいられる幸福を、私はいつまでも噛《か》みしめていた。

16

その後の話である。私たちは一応自分たちの推理を木下刑事に話した。でも、結局その後事件は迷宮入りした。たしかにアベルは過去のインタビューで兄の存在を語っていたが、すでに彼の父母はともに亡くなっており、近隣の住民も子どもが双子だったかどうか記憶していなかったという。

「もしかすると、成長に問題を感じた両親が、兄弟のどちらかを世間から隠していた可能性はあります。ただ、それ以上は推論の域を出ません」

一人の外国人旅行客の未解決事件が、一件増えただけ。数字上は、そういうことになる。

私は、あれ以来小柄な外国人を目にすると、思わず目を留めてしまうようになった。そのなかに真のスネイゲル・ツヴァイクの面影を探ってしまうのだ。

ところで――あの事件の夜、私の本業のほうでは、ある収穫があった。私はラプソディ姉妹と李姉妹、双方の部屋への侵入に成功し、そこであるものを見つけたのだ。

すぐさま私は受付に戻り、澤村に連絡をとった。

「N徽章《きしょう》があったのは李姉妹のほうでした。そしてラプソディ姉妹のほうからは、いろいろと問題のある写真が」

N徽章――それは我々の目下の任務に直結した重要なアイテムである。と言っても、それを奪ってくることは目的ではない。あることが分かれば、それでいいのだ。

「そうか、李姉妹がね……」と澤村は意外そうな声を発した。「すると、必ずしもN徽章をもつ者が消されるわけではないのか……」

「もしかしたら、李姉妹が何かそれについて知っている可能性はないでしょうか？」

「もちろん、可能性はゼロではなかろうが……。ことは慎重に当たらなければならない。ただ一つ、たしかなのは、これでN徽章をもつ者の周辺で殺人事件が起こったのは二件目だということだ」

一件目の被害者は、N徽章の持ち主でもあった闇月祿郎だった。そして今度はN徽章の持ち主である双子と同じホテルに泊まっていたスネイゲル・ツヴァイク。殺害動機に関連性は見いだせない。けれど、澤村はN徽章自体が動機となり得ることをすでに警戒しているようだった。

「ご苦労、それでは次の任務に移ってもらうから、そこの勤務は今日までだ」

「そんな急に辞めたら、シフトに穴が開くし迷惑をかけます」

「大丈夫だ、次を探しておくから」

それで通話は終わった。澤村はいつも勝手なのだ。

だが、私には一つ、澤村に黙っていることがあった。それは、李姉妹の部屋からも、闇月祿郎の部屋からと同じく、N徽章以外にある共通のものが見つかっていることだった。

私はそれを撮影した画像をスマホのフォルダから開いて眺めた。姉妹の部屋には、まったくカメラに気づいていないであろう王子、天草茅夢の横顔の写真があった。

なぜ李姉妹の手元にこの写真が？

私の知るかぎり、これはテレビに映っている時の王子ではない。どこか不機嫌で仄暗《ほのぐら》い目をしたそれは、闇月祿郎の部屋から見つかった写真同様、間違いなくプライベートで撮られたものに違いなかった。服装は黒スーツに白シャツ。ネクタイはつけていない。

何かのイベントかパーティーの席での姿を隠し撮りしたものか。

そう言えば、王子と李姉妹はホテル内では結局顔を合わせていない。もしもあの時鉢合わせていたら、どんな反応が見られたのだろうか？

百歩譲って、李姉妹が日本の俳優の追っかけをしているのは理解できる。だが、闇月祿郎はなぜこれと同じような写真を持っていたのか？

これらは、N徽章の持ち主であることと関連性があるのだろうか？　私はべつのフォルダに収めたN徽章の写真を眺めた。三匹の蛇が尻尾《しっぽ》を嚙んでひと繋《つな》がりとなってNの字を作っているグロテスクな紋章。その不吉な蛇が、王子に寄り付きませんように。私はそう願わずにはいられなかった。

幕間――天草茅夢の近況報告レター②――

やあ、ファンのみんな。いまはまたまた深夜の二時。いつものように、このファンクラブ会報のために、筋肉痛で痛む足を引きずって、パソコンの前にやってきたよ。このところ立ち仕事が多くてね。

もうすぐ、今クールのドラマが終わっちゃうね。夏のドラマより、この秋の弁護士役のほうが、僕には合ってたかなって思う。新しい一面も見せられたと思うしね。だけど、最近何だか何やってもうまくいかないよ。

Nを終わらせる――そう、これはこないだも言ったよね。僕とみんなのための約束。だけど、それがなかなかうまい具合に進まない。何がいけないんだろう？　何だか世界中に嫌われちゃったような気分なんだ。

それでも、安心して。僕は絶対にくじけたりしない。必ず、一度決めたことはやり遂げるからね。そうじゃないと、世界は救われないんだ。何度でも言うよ。みんな僕を信じてほしい。その信頼が、僕を強くしてくれる。

ありがとう、ああもう朝になる。少しでも夢を見なくちゃね。

みんなの天草茅夢より

第三話

華麗なる降霊

1

　冷たい風が吹き始めると、なぜだか無性にカレーが食べたくなる。十二月に入り、観《み》ていたドラマが終わってしまったら、年末に向けて特別番組ばかりが増える寂しさを、カレーで満たしたくなった。とくに放送終了となったのが、王子主演のドラマだったものだから、今年のカレー欲求は例年に比して強いようだ。

　今回の王子のドラマ『リーガル・ラブ』は法廷恋愛ミステリで、弁護士役の王子も当たり役で最後まで高視聴率をキープして大団円を迎えた。王道だけど、コミカルさもあり、王子の演者としての新たな魅力も垣間《かいま》見《み》ることができた。

　しかし、そのドラマが終わってしまったら、やる気が一気に半減した。やっぱり推し活は、重要な栄養源のようだ。そうして、推しの供給が途絶えた瞬間に、カレーが食べたくなった。いまの職場のあるビルの一階がカレー屋なせいもある。場所は新富町。京橋にほど近いこのエリアは、昼間こそサラリーマンでごった返すが、夜は閑散としていて物寂し気な空気が漂う。

しかし、このカレー屋の前だけは、行列が途絶えることがない。もっとも、昨日発売となった『ジャンクフードキングダム』で星野司に酷評された影響か、今日はいつもに比べるとその列が短いようではあるけれど。

「それにしても――ああ、この匂いたまんないな……」

エレベータの前でカレーの匂いをふんだんに嗅《か》ぎ、いよいよカレーのことしか考えられなくなったところでようやくドアが開く。すぐに飛び乗り、五階のボタンを押した。ドアが閉まり、エレベータが上昇しはじめても、機内にこもったカレーの匂いは私を支配し続けていた。

五階に着くと、正面にある職場のドアを開けた。頭の中は、まだカレー、カレーと連呼している。

そう、ここが私の新たな職場である。

床から天井まで漆黒で覆《おお》われた空間を、仄赤《ほのあか》い照明がぼんやりと照らしている。客席はカウンター席しかない。カウンター席は、入口からほぼ直線コースにある。私は背もたれのない椅子《いす》と全面ミラーの壁面の間にある通路を通り、Uターンするようにして跳ね上げ式のカウンターテーブルを通って内側へ向かった。カレーのことはいったん忘れよう。ここから数時間は、仕事に集中しなければ。

「おはよう、潤子ちゃん」

グラスを布巾《ふきん》で拭《ふ》きながら、オールバックにちょび髭《ひげ》のマスターが言う。彼は夕方勤務でも、こうあいさつする。私も「おはようございます」と返す。マスターはじつに見事な手つきでワイングラスをくるくると掌《てのひら》で回しながら棚にしまっていく。落としやしないかとこっちはひやひやするが、マスターは気にする様子がない。

「あれ？　芽衣《めい》さんはどうしたんですか？」

いつもなら、マスターのとなりにいるはずの妻の芽衣の姿がない。

「今日は事前予約があるから、奥でメイクしてるよ。何しろ客がＶＩＰだからね。特別な降霊会になる」

奥というのは、カウンター裏の厨房《ちゅうぼう》の右奥にある準備室のことだ。ドアを開けた正面に全身鏡があるから、おもに女性スタッフの更衣室として使われている。ふだんなら私もそこで身支度をするのだが、芽衣が使っているのなら遠慮しよう。

その場でエプロンを取り出してつけると、髪をまとめ上げてすぐに手を洗い、予約表を確認した。夜七時に一件の予約。いまが六時五十五分だから、もう五分後には来るようだ。

ここ〈せあんす〉はただのバーではない。降霊術バーである。店名もフランス語で降霊会を意味する séance からきているようだ。上司の澤村から次の現場が降霊術バーと最初に聞いた時は、さすがに抗議したものだった。

――いくら何でも私に適性がなさすぎますね。

――おまえの適性なんて関係ない。とにかくここで最低二週間は働いてほしい。

――目的は？

――もちろん〈N徽章《きしょう》〉にある。間もなく、そこにN徽章にまつわる人物が現れるはずだ。例の会員専用プリペイドカードで予約が取られた。それまでの期間で構わない。

――それまでって、具体的にいつですか？

――それを言うと、当日意識しすぎるだろ。平常心で行動してもらうのがいちばんだから。

――信用してないってことですね？

――部下にベストパフォーマンスをしてもらいたいだけさ。

というわけで、私は〈せあんす〉のバイト面接を受け、無事に採用されたのだった。

私はどんな職種に対してもベースとなる〈必要な人材感〉を醸《かも》し出すことができる。これはちょっとした能力だと思っている。こういういかがわしい店だからこそ、事務的な態度が重要だと思って面接に臨んだら、一発で気に入られた。事前にカクテルの種類とその配合を一通り暗記しておいたのも効果的だった。

〈せあんす〉は、マスターとその妻の芽衣の二人で経営しており、従業員は当面は私と日替わり勤務の女性スタッフの二名のみ。何しろまだ店はオープンして数カ月で、客もさほど多いわけではない。芽衣が降霊術の口寄せ、マスターがホスト役だ。口寄せというのは、イタコのようなもので、死者を憑依《ひょうい》させて、その声を担《にな》う。

手順はいたって簡単だ。その日に来た客から、マスターが会いたい死者の話を聞く。必ず死者の遺品を一つ持参してもらうのが決まりだ。それから、マスターが芽衣にその遺品を渡す。儀式が始まると、芽衣は黒いヴェールを被《かぶ》り、ミステリアスな雰囲気を醸し出す。

そして、いざ霊が憑依すると、唐突に話しだす。口調はその都度異なる。死者の喋《しゃべ》り方に近いのか、単なる予測なのかは判断保留。とにかくマスターはその仲介役となって、霊の憑依した芽衣から客の聞きたいことを聞き出す――こんな感じだ。

何とも怪しげな商売だが、今のところ客から苦情が出たことがない。客は死者に会えたと感動して涙を流しさえする。傍から聞いていると、芽衣は死者の代理として具体的なことは一切言っていない。

芽衣が「あの時のことはとても嬉《うれ》しかった」のような曖昧《あいまい》な発言をし、マスターが客に「心当たりがおありでは？」などと水を向けるうち、客は勝手に心当たりを見つけ出して涙しはじめる、といった具合だ。今のところ、私はその降霊術の信憑性《しんぴょうせい》については、判断を停止している。早急に結論を求める者は、粗雑な真実を握りしめることになるからだ。

2

「潤子さん」

不意に、奥のほうから芽衣に呼ばれた。慌《あわ》てて返事をし、厨房を通って奥の準備室へ向かった。室内は灯が落とされて真っ暗だった。照明のスイッチをつけようとすると、芽衣はそれを制した。

「そのままで。今は精神統一をしているから」

なるほど。よく耳を澄ますと、小さな音量でモーツァルトの〈レクイエム〉まで流れている。それにしても、芽衣の衣装自体が今日は黒衣のようで、闇《やみ》に溶け込んでどこにいるのかよくわからない。ふだん芽衣は、その派手な顔立ちに合わせて艶《あで》やかな衣装で客を迎えるから、今日の降霊会はいつもと趣が違うということだろう。そういえばさっき客がＶＩＰだとか言っていたっけ。

「集まってるわ。たくさん霊が」

「え……」

「今日はうまくいきそう。ねえ、潤子さんは霊を信じる？」

「霊ですか……積極的に、ではないですが、ないという根拠もない、くらいには考えています」

　実際、ここに勤めだしてますますわからなくなったところもある。私には芽衣の降霊術が完全に眉唾物《まゆつばもの》だとは確信できない。客の反応の良さもある。霊を信じる人と、憑依したと信じる者の間には、確かな交感が生まれる気もする。

「あなたも霊には気を付けたほうがいいわ。ときには恐ろしい霊もいるものだから」

「……怖いですね、気を付けます」

「そうそう、呼び出したのはね、頼み事があるからなの」

「何でしょうか？」

「今日から私、生理が始まったの。だから降霊術の後すごく疲れそう。脱水症状になるかもしれないから、降霊が終わったら、すぐに厨房からミネラルウォーターをお願いしていい？」

「わかりました。お任せください」

　そんな会話をかわしているさなかに、店の出入口のドアの上部に取り付けられたベルが鳴った。客がやってきたのだ。

「いらっしゃいませ！」

　私は声を張り上げつつ、ドアのほうへ向かった。

「浅沼《あさぬま》さん、お久しぶりです」

マスターが頭を下げる。浅沼と呼ばれた客は、白髭の紳士だった。じつに仕立てのいいスーツを着ており、香水もハイセンスだ。

「浅沼さんはね、有名なマジシャンなんだよ」

マスターが私に教えてくれた。

「そうなんですか？　私を鳩《はと》に変えないでくださいね」

笑顔でそう言って戸棚からグラスを出し浅沼の前に置いた。

「はっは。安心したまえ、今日は鳩の持ち合わせがないよ。それに、有名なマジシャンは嘘《うそ》だ。『だった』というのが正しいね。もう今じゃ手先が震えてしまってね。興行も義弟に任せっきりさ。出来のいい義弟でね」

マスターはそれに何と返していいのか分からないというふうに困った笑みを浮かべた。

「今日はご予約いただいたので、貸し切りにしております」

「ありがたいね。懐《なつ》かしいメンツと落ち合うから、できるだけ雑音はないほうがいい」

七時を五分ほど過ぎたところで、ふたたびドアが開いた。カランカランと上部でベルが鳴る。

現れたのは、黒革のジャケットにパンツ、シルクハットをかぶった三十代前半の男性だった。見覚えがあった。どこでだったか……記憶の森を徘徊《はいかい》しているさなかに「成宮《なるみや》くん、こっちだ」と浅沼が言うのを聞いて思い出した。〈脱出王〉の異名をとる成宮風《ふう》李《り》ではないか。最近は欧米のオーディション番組で衝撃的な脱出マジックを披露してネットニュースにもなっていた。その番組でつけられた〈日本のフーディーニ〉なんていう異名が逆輸入されて国内でも定着しつつある。

有名人がすぐそこにいると、案外「知ってる」とは思っても、それが誰なのか咄嗟《とっさ》には結びつかないものだ。とくに推しでも何でもなければ、有名人なんて顔を知っているだけの存在だから、それも当然だろう。

「浅沼さん、遅くなってすみません」と成宮は頭を下げた。舞台映えする、濃いめの顔立ち。まさにマジシャンになるために生まれたような風貌《ふうぼう》である。

「なに、私もいま来たところさ」と応じた浅沼は、静かな隠遁《いんとん》者の笑みを浮かべていた。引退したマジシャンと、現役で世界を席巻するマジシャンが、今宵久々の対面を果たした。目的は、降霊会。果たして、どんな死者を呼び出したいのか？

浅沼は煙草《たばこ》をくわえると、何もない状態から人差し指に火を灯し、その火を煙草につけてから、指を振って火を消した。己の芸がいまだに健在なことを周囲にみせて安心したように、浅沼はゆっくり煙草を吸い、煙を吐き出した。

「それはよかったです。師匠を待たせるわけにはいきませんから」

浅沼の横に成宮が腰かけた。成宮にとっては、浅沼の先ほどの指先に炎を灯すマジックなど驚くに足らないものなのだろう。

「師匠とは大げさだな。君には何も教えてはいないよ。君はほとんど独学で、現在の地位を手に入れた。まったく、驚くべきことさ」

「そんなことは……」

謙遜《けんそん》する成宮に、浅沼は「いや本当さ」と重ねた。

すると、マスターがそこに私に解説する体《てい》で言い添えた。

「成宮さんはね、国内で誰もしていない脱出マジックを数多く発明して世界に披露した。これがどれくらい驚くべきことか、わからないだろうけど、簡単に言えば、一つの新しい脱出マジックを発明するのだって百人に一人いるかいないかなんだ。それを、この成宮さんはたった一人で十個も発表した。その多くは今じゃユーチューブで見られる。まさに、マジック界の革命児なんだよ」

マスターはそう言いながら、入口に近づき、カランカランと音を立ててドアを開けた。

すると、「おやおや」と浅沼が言った。

「新進気鋭のマジシャン、ノーラン小金井も御目見えとなると、今夜は新旧マジシャンが揃《そろ》い踏みだな」

ドアから顔を出したノーラン小金井が、弱弱しく微笑《ほほえ》んだ。

「私はお二人に比べれば小物です」

「謙遜はいい。君には妻の香代《かよ》ゆずりの器用さがある。それはマジシャンに不可欠な素質だよ」

「姉の器用さには、及びませんが」

どうやら、ノーラン小金井は、この浅沼の妻の弟にあたるらしい。つまり、浅沼の義弟ということ。かくして、今宵この降霊術バーに、三人のマジシャンが集ったことになる。

3

「それより、今宵はしめやかに飲もう。君も、私のとなりに座ったらどうだ？」と浅沼が小金井に話しかけた。

「いいんですか？」と小金井が遠慮がちに尋ねると、浅沼は誰にも文句は言わせないとばかりに強く頷《うなず》き返した。

マスターは、私に目配せをした。オリジナルカクテルの用意の合図だ。あえて飲み物のオーダーを聞かずに、事前にこちらから用意する。ふつうのバーではないからこそのおもてなしである。

〈モナ・リザ〉は珈琲《コーヒー》とジンジャーを効かせたジンベースのオリジナルカクテルだ。味わいは芳醇《ほうじゅん》にして淡麗。私も仕事終わりにこの〈モナ・リザ〉を飲んでから帰るのが最近の愉《たの》しみだ。いや、正確にいえば、それを景気づけにして行きつけのジャンク飯屋に向かうのが楽しみなのだ。それというのも、この建物の一階には、ジャンク飯マニアにはたまらないカレー屋〈マジカリ〉が二週間前にオープンしている。私が最終的に澤村からの指令に従ったのも、この店の存在に抗《あらが》えなかったからなのだ。

マスターが尋ねた。

「ところで今宵は、降霊をご希望だとか？」

ああ、と浅沼が頷き、それをみてわずかに成宮が顔色を曇らせたのがわかった。

「え……降霊……？　聞いてないです。何ですか、それは……」

かなり狼狽《うろた》えているように見えた。

「なに、ほんの余興さ。マジシャンなんてのはリアリストばかりだ。たまには胡散《うさん》臭いものに身を委《ゆだ》ねるのも大事だよ。成宮くん、君も香代のことは覚えているだろ？」

「ええ、もちろん。たいへんお世話になりました」

浅沼はその言葉に気をよくして何度も頷き、それから私のほうを向いて説明した。

「成宮くんはね、三年前、私のもとで見習いをやっていてね。私の留守中には庭の手入れをよく頼んでいたし、犬猫は私より成宮くんに懐いていたくらいだった。香代もそのことではずいぶん成宮くんに感謝していた。私としてはね、香代に縁深いメンツが集まった今夜ほど、香代の降霊をするに相応《ふさわ》しい夜はないと思うのだが、どうかね？」

浅沼の問いかけに、降霊術に否定的な様子だった成宮も頷かざるを得ない空気になった。

「しかし、降霊術で香代さんを呼び出すなんて、悪ふざけにもほどがありますよ」

「私は本気だ。香代に会えないつらさは、私がいちばん感じてきた。たとえ降霊術でもいい。彼女ともう一度話したいと思って、何がわるいんだ？」

「それはそうですが……だからって降霊術なんて」

「インチキだ、と頭から思っているんだね？」

「……すみません、正直に言えば、まやかしだと考えています。私の知る限り、すべての降霊術はペテンです」

成宮は、さすが海外帰りらしく、目上の人間にも自分の意見を堂々と言えるタイプらしい。浅沼は首をすくめた。

「かもしれないね。でも、かのコナン・ドイルだって当時の心霊術を信じていた。あの論理一徹の推理作家がだよ？」

「我らの偉大な先駆者であるフーディーニは、ドイルを騙《だま》されやすい男だと言っています」

「そのフーディーニにしても、死に際して妻にもし死後の世界があれば、必ず連絡すると言っているよ」

「それはある種の皮肉でしょう。彼は心霊術を嫌っていました」

「知っているとも。だがそれは信じたい気持ちが強かったからこその裏返しだ。当時、彼を信じさせてくれる心霊術師がいなかったのが問題だ。だが、ここにいる芽衣さんは、口寄せの達人だ。だろ？」

　話を振られると、マスターはこう続けた。

「芽衣さ……いえ、当店の芽衣は、遺品から死者と交流を図り、死者に体を一時的に明け渡すことができます」

　私は酒の準備をしながら、当の芽衣が今に至るまで姿を見せないのを不思議に思っていた。まだ精神統一をしているのか？　降霊術をやる時には、必ず彼女は濃いメイクをするから、時間がかかるのはわかるが、それでもいつもならもうとっくに出てきているのに。

「本当なのかな……僕にはちょっとにわかには信じられない。第一、科学的にあり得ない。人間は肉体が滅びればそれで終わりです」

「悲しいことを言わないでくれ。それでも、現代が科学ですべて解明し尽くされたわけではない」

「……なるほど。霊はいる、と」

「稲川淳二《いながわじゅんじ》がいるかぎりな」

緊張の糸が緩んだのが見てとれた。成宮が吹き出してしまったのだ。

「降参です。わかりました。いいでしょう。では、その降霊術とやらを始めていただきましょうか。香代さんには僕だって会いたいですからね。というか、霊が人を使って話すなら僕も話してみたい」

浅沼はその言葉に深く頷くと、誰にともなくこう語りだした。

「香代が死んだのは三年前の九月だった。あの頃、私は地方巡業に忙しくて、自宅の管理はすべて香代に委ねっきりだった。そのことでは彼女に苦労もかけた。成宮くんは、その頃の香代をよく支えてくれたよね」

「支えただなんてとんでもない……」

成宮はかしこまってかぶりを振る。

「いや、感謝しているよ。だが、それでも彼女の自殺を止めることはできなかった」

どうやら浅沼の妻の香代という人物は三年前に自殺したらしい。

「ええ、そのことは本当に申し訳ないです。それほど彼女が深い悩みを抱えているとは、僕にも気づくことはできませんでした」

「いや、謝るのは私のほうさ。夫である私が第一にそういったことを把握していなければならないのに。私はある時から彼女の相談役であることを辞めてしまったんだ。私の家は代々マジシャンだった。その我が家の家宝である秘伝の書を管理する重大な役目を彼女に押し付けて、私はのうのうと巡業の名目で遊び歩いていたのだ」

するとそれまで黙っていたノーラン小金井が言葉を重ねた。

「浅沼さん、御自分を責めないでください。僕だって姉の話をもっと聞いてあげればよかったんですから」

浅沼は静かに頷きながら、すべては終わったことだ、と言った。

そこで、マスターが後を引き取った。

「では始めます。本日、遺品はお持ちになられましたか？」

「ああ、もちろん。彼女が死に際《ぎわ》までつけていた指輪だ」

浅沼の掌《てのひら》で、指輪の大きなサファイヤの青い光が、生き物のように角度によって光り方を変える。マスターは「お預かりします」と言ってそれを受け取ると、カウンターに置かれたベルを鳴らした。それが、芽衣を呼び寄せる合図だった。

4

とたんに、店内の灯が暗くなった。マスターは店内にパーテーションを立てて閉塞《へいそく》感を演出した。

ほどなく、奥から黒衣を纏《まと》い、黒のヴェールで顔を覆った芽衣が現れた。

彼女は丁重に深々とお辞儀をし、カウンターごしに「芽衣と申します」と名乗った。それから、マスターに指輪を託されると、無言でそれを受け取ってハンカチでそっと包み始めた。

芽衣は何事か呪文《じゅもん》を唱え始めたかと思うと、途端にトランス状態に入った。髪を振り乱し、体を左右に激しく揺らすと、ついには上体を逸《そ》らした。いつにも増して激しい動作だった。

そして——ついにそれは起こった。

「あなた、ひさしぶりね」

さっきまでとは違う、艶《つや》のある声色になった。

「おお……その喋り方！　まさに香代じゃないか！」

「浅沼さん……こ、このくらいの演技なら誰だって……」

成宮は言いかけて、言葉をひっこめた。芽衣はそんな言葉は耳に届いていないように続けた。

「今日は、どうしたの？　お友達も連れて」

「おまえも懐かしいんじゃないかと思ってね。弟のノーラン小金井くんと、昔見習いだった成宮くんだ」

ところが、成宮に気づいた瞬間、口元の笑みが消えた。

「成宮さん……まあ、本当に、ええ、うれしいわ」

まったく感情の消えた棒読み。芽衣の意図がわからなかった。ここは素直に歓喜の調子で言うべきだったのではないか？　いつもならそうしているはずだが……。

いや――そうじゃないのか。

「またお会いできるとはね。ふっふっふっふ」

何とも不気味な調子で彼女は続ける。何かが、おかしい。

もしかして彼女にはいま、本当に霊が憑依しているのではないか。それも、何か邪悪な霊が――。

だが、死者が憑依した状況を目《ま》の当たりにした浅沼はそんなことはどうでもいいようだった。

「よかったよかった。本当に香代だ……会いたかったぞ」

「何か、私に聞きたいことがあったんじゃないの？」

芽衣は、まっすぐ成宮のほうに体を向けたままでそう問いかけた。

「特別なことは……ただ、三年前のあの日の状況がずっと気になっている。おまえはあの日、朝から上機嫌だった。できるだけ俺とゆっくり話したい、と午前中にカフェに誘い、その後もショッピングを楽しんだ。なのに、夜になって居間でおやすみを言って自室に引っ込んだ一時間後、自殺を図った。あの一時間に何があったのか」

すると、途端に芽衣が黙りこくった。

彼女は俯《うつむ》き、まるでうたた寝でも始めたようにこっくりこっくりし始めた。

が、みんなが業《ごう》を煮やしかけたとき、彼女は勢いよくヴェールを剝《は》ぎ取り、目を見開いて成宮につかみかかった。

「ひ……ひぃいいい！」

成宮は恐れおののいて腕を引き、のけぞるあまり椅子から転げ落ちた。

すぐさま、小金井は成宮に近づき、「落ち着いてください。これをぐっと飲み干して」と〈モナ・リザ〉を渡すと芽衣を止めに入った。

その時、たしかにマスターはこう言ったのだ。

「まずい……乗っ取られる……！」

乗っ取られる？

「皆さん、離れて！　このままでは芽衣の体が危ない！」

だが、マスターの手を振りほどき、なおも芽衣は続けた。

「死がふさわしいのは私じゃない！　裏切り者よ！　裏切り者にこそ、死がふさわしい。そうでしょ？」

それだけ言うと、突如彼女の体はがたがたと震え、泡を吹いたかと思うと、倒れてしまったのだった。

「潤子さん、水を！」

「は……はい！」

私は厨房に入り、すぐに冷蔵庫からミネラルウォーターを取り出してグラスに注いだ。脳内にはさっきの異様な状況が焼き付いていた。中でも、印象的だったのが成宮の表情だった。彼は心臓をもぎとられ、目の前に突きつけられでもしたかのように真っ青になってがくがくと震えている。

私が水をもって厨房のドアを開けると、ちょうど成宮がもつれるような足取りで、左奥のトイレへと走って逃げ込んでいくところだった。

5

「成宮君はいったいどうしたのだろうね？」と浅沼が訝《いぶか》る。

「さあ」とマスターは朗らかに笑いながら、芽衣をカウンター側の床に横たえた。私はしゃがみこんで芽衣に水を含ませた。その間に、マスターは照明をつけ、降霊会のためのパーテーションを片づけた。

「よくいらっしゃいますよ。怖がりの方にとっては、降霊術自体が刺激が強すぎることもあるのです」

それから、マスターは芽衣が水を飲んで目を大きく見開き、生気を取り戻した様子を確かめてから、店の出入口のある右手へ向かった。

「では、ゲストがトイレから戻る前に、私は煙草を買ってまいります。失礼。どうぞごゆっくり」

ああ、と浅沼が答えて手を振り、マスターがドアから出て行った。

奇妙な沈黙のあとで、芽衣は辺りを見回した。その様子は、まさにいま森で目を覚ましたばかりの少女といった雰囲気だった。さっきまでの邪悪さは微塵《みじん》もない。

「私……今まで一体何を……？」

「芽衣さん、さっき御自分が言った言葉、覚えているかね？」

浅沼がそう尋ねた。

「私が言った言葉？　……私、何と言いましたか？」

「裏切り者に死を。たしか、そう言っていた」

「私が？　……記憶にありませんが……ただ体が一時的にふっと誰かに乗っ取られる感覚があったので、私の体を借りて香代さんがそう言ったのでしょう。とてつもない意思を感じました。彼女は何か強い感情のために私の体を乗っ取ろうとさえしました」

「乗っ取るだって……？」

たしかマスターもそのようなことを言っていた。このままでは乗っ取られる、とか。

いつの間にか鳥肌が立っていた。私はもともと怖い話が苦手なのだ。幽霊がいるかいないかはべつにして、もう本能が怖がってしまうと、すべての判断を放棄してしまいそうになる。

私は正気を保つべくレタスを刻み、ニンジンをスティック状に切って、クリームチーズのディップソースを添えて出した。それにしても、ここで簡単なつまみを作るたびに、胃袋が刺激されて本当につらい。飲食店がこんなつらい現場だとは思わなかった。私にはちょっとこの仕事は合わなすぎる。ほら、今もこうしているうちにぎゅうぎゅうお腹《なか》が鳴っている。

「あれ、いまの音はいったい……」

「私のお腹です。ごめんなさい」

さすがに今の音は霊ではない。自分のお腹の音だから、それはさすがに怖くなかった。

「あはは、若い子はいいね、食欲がたっぷりあるんだね」と浅沼は笑った。芽衣もそれに合わせて言う。

「潤子ちゃんは、本当にお腹が空《す》きやすいのよね。二時間に一回くらいは何かつまんでるものね」

「なぜそれを……」

バレていたとは思わなかった。私はかなり用心して、トイレに行くふりなんかをして、鞄《かばん》に忍ばせたソイジョイなんかを空腹しのぎに食べていたのに。

「そりゃあ気づくよ。ソイジョイ食べたらソイジョイの匂いするからね」

迂闊《うかつ》だった。まさか芽衣がそんなに嗅覚《きゅうかく》に敏感だとは。

「いや、けっこうけっこう。香代を思い出すよ。香代も食欲旺盛《おうせい》な女だった」

浅沼がそう言って涙ぐむ。ついさっき香代に〈会った〉ことでかなり感傷的になっているのだろう。

「それにしても、さっきの香代さんの言葉は気になりますね。ちょっと穏やかじゃなかったといいますか」

「うむ……たしかに。あいつ、何を伝えたかったんだろうな？」

すっかり浅沼は霊が降りてきたという前提に立っている。だが、私のほうは、むしろ香代の死がどのようなものだったのかに興味をそそられていた。

「よろしければ、香代さんの亡《な》くなられた状況を教えていただけますか？」

6

「たしかさっき、居間でおやすみの挨拶をかわした一時間後に自室で自殺された、と」

私がそう確認すると、浅沼は静かに頷いた。

「そう。服毒死だった。どうもチョコレートに毒を入れて食べたということのようでね」

　毒入りチョコレートとは、またミステリファンには垂涎《すいぜん》のワードが出てくるではないか。『毒入りチョコレート事件』といえば多重解釈ものの古典中の古典。だが、むろん現実と推理小説を混同するわけにはいかない。

「自殺なのは間違いないんですか？」と私は尋ねた。

「状況的には彼女が自分からすすんで毒を飲んだようだった。しかし遺書はなかったし、直前にも死を匂わせるようなことはまったくなかったんだ」

「死ぬ意思はなかった、とは考えられませんか？　たとえば、何者かにチョコレートを贈られる。本人はいただきもののチョコだから、疑いもせずに食べる。すると、そのなかに毒が……」

「その線も考えたのだがね。チョコレート自体は本人が買ったものだった。レシートがあったし、店の人も覚えていたんだ。そして、それきり彼女の寝室の小型冷蔵庫に当日までしまわれていた」

「なるほど。では屋内に誰かが侵入した可能性は？」

「それは……どうだろうな……その日は朝から私と妻は一緒に行動していたが、家には見習いが数名待機していたし不審者が入る余地はなかったはず」

「その見習いさんのどなたか、という可能性は？」

「……だが、誰がそんなことを？」

彼は目蓋《まぶた》の裏に当時の光景がよみがえりでもしたのか、顔をしかめ、目を閉じた。

「……すみません、つらくなる思い出を」

「いや、いいんだ」

「でも、さっき芽衣さんの体を借りた香代さんの言い方では、まるで他殺だったようにもとれますね。誰か〈裏切り者〉がいたぞ、と」

「潤子さん、それ以上踏み込んで尋ねるのは失礼よ」

芽衣に不意にたしなめられ、私は「失礼しました」と頭を下げた。

「肝心の質問にお答えする前に降霊が終わってしまったのは申し訳なかったですわ」と芽衣が詫《わ》びた。

「いやいや、いいんだ。香代は何かを伝えようとしてくれた。それだけで、満足だよ」

そのとき、煙草を買いに出ていたマスターが戻ってきた。それから、客席を見てこう言った。

「おや？　成宮さんはまだお戻りにならないですか？」

「そうなんだよ。ずいぶんゆっくりトイレにいっているようでね。降霊術のショックでお腹でも壊したかな？」

浅沼が心配そうに言った。

「あまりのショックで、トイレから出られなくなってしまった、とかでないと良いですが……」

さっきの成宮の様子からなら、さもありなんだと私は考えた。

「私ちょっと心配なので様子を見てきますわね」

そう言って芽衣がカウンターを出て左奥へと向かった。その突き当たりにトイレがある。トイレは洋式の個室が一つあるだけだ。

ところが——芽衣は、表情を曇らせたますぐに戻って来た。

「ノックをしても返事がないんです。何かあったのかしら」

嫌な予感がした。それは、これまでの二件の潜入の際に、二度とも事件が起こったという、単純な経験則による予感だった。

私は従業員である前に探偵的使命感に駆られて、カウンターから飛び出した。

7

通路の一番奥にある白いドアの前に辿《たど》り着くと、深呼吸をしてから、ゆっくり二回ノックをした。さっきの話を聞いた後だけに、緊張が走った。まさか香代の霊に呼ばれて自死したわけでもあるまい。自分の考えを否定したかった。だが、生きた人間のすることとはわからない。極限の錯乱状態で、思いもしない決断をすることも、ないわけではない。

「成宮さん、どうかされましたか？　体調でも悪くなられましたか？」

だが、相変わらず反応はない。

「開けますよ？　いいですね？」

そうは言ってみたが、開かないであろうことは想像がついた。そこですぐに針金をポケットの小銭入れから取り出した。スライド錠くらいなら針金一つで解錠できる技術は持っている。もちろんひと口にスライド錠といってもいくつか種類があるが、これは簡単に錠がカチッと心地よい音をたてて開いた。

ところが――そこに肝心の成宮の姿はなかった。代わりに、小さな窓が全開になっている。ほぼ正方形で、一辺の長さは私の肩幅と同じか、それよりやや狭い程度の、換気用の窓だ。

その窓から下を覗《のぞ》くと、寂れた通りの、少し先にある京橋コインパーキングの辺りが何やら騒がしい。〈空〉の表示ランプと利用者用のライトアップをたよりに見ると、どうやら人々が集まってきているようだ。

私は胸騒ぎを隠せなかった。

やがて、人々の輪の隙間《すきま》から、その輪の中央に堂々と横たわっている人物に目が留まった。

あれは――。

黒革のジャケットにパンツ。成宮の服装だ。

最初はそんな馬鹿な、と思ったが、目を凝らすうち、疑念は確信に変わった。この建物から京橋コインパーキングまでは直線距離にして約十メートルほどはあるだろうか。ここは五階だが、隣には四階建ての建物があり、その屋根に飛び移ることができる。そこから数歩行ってもう一つ三階建ての建物に飛び移るタイミングで落下すれば、ちょうどあの京橋コインパーキングの辺りになるだろう。

このたった数分の間に、成宮に何があったのだろうか？

ふと思い出すのは、成宮が脱出王だという事実。よくどんな不可能な状況からも脱出してみせる、と彼は豪語している。その自信が、裏目に出たということだろうか。

しかし――なぜ脱出を？

問題は、その頭部が赤く染まっていることだった。アスファルトに赤い血がどくどくと流れているのが見える。頭部強打か。周囲に集まった二名の若者が慌てふためきながらスマホでどこかに連絡している。警察に通報しているか、ダメ元で救急車に連絡をしているか。

私は戻って事情を説明した。その場にいた誰もが一度に酔いが醒《さ》めたような顔になった。

「間違いないのかね？　だってそんな……ついさっきトイレに行ったばかりじゃないか」

ノーラン小金井はわけが分からないといったふうにかぶりを振った。

「トイレの窓が開いていました。だから、おそらく窓から抜け出したのです」

「何のために？」

不審がっていたマスターだが、その後自分でトイレに確かめに行き、「本当だ……」と呟《つぶや》いて戻ってきて、今度はそのまま店のドアを開けて外へと向かった。

私は浅沼たちに言った。

「たとえばこうは考えられないでしょうか？　さっきの降霊術で芽衣さんに乗り移った香代さんは〈裏切り者〉という言葉を出しています。成宮さんはそれに心当たりがあって本当に呪《のろ》い殺される、と思い込んだために慌てふためきトイレからの脱出を図る。つまり、本当に香代さんの霊から逃げようと脱出を図り、失敗したのです」

するとマスターが足を止め素《す》っ頓狂《とんきょう》な声を上げた。

「あの狭い窓からかい？　いくら何でも無茶じゃないか？」

「たしかに、私の肩幅より少し狭いくらいですが、対角線に向けて体を斜めに入れれば男性でもイケるでしょうし、たとえ真っすぐ入るにしても肩をすぼめれば可能です。とくに脱出芸をされる方の中には、肩を脱臼《だっきゅう》させるやり方を会得《えとく》している方もあるくらいですから」

　実際、肩さえ一度出てしまえば、窓から出ること自体は容易《たやす》いはずだ。すると、今度は浅沼が唸《うな》った。

「ううむ、だが、このフロアは五階だろ？　しかも、コインパーキングまではけっこう離れている。いくら脱出王でも、無茶だって気づくんじゃないのかな」

「単に落下したのなら、無茶だともいえます。でも隣接して四階建て、三階建ての建物がありました。成宮さんはそこに飛び移って移動するくらいの運動神経はあって、可能だと踏んだのでしょう。脱出王としての経験の豊富さが仇《あだ》となったのだと思います」

　なるほど、と浅沼は深く頷いた。

「何はともあれ――その京橋コインパーキングで倒れていたのが成宮くんだというのを確かめないことにはね」

　すでにマスターは現場を確かめに飛び出していったようだった。

「いま、マスターが下に確かめに行っています。間もなく、わかることでしょう」と私は告げ、みんなを落ち着かせた。

　やがて、戻って来たマスターは、死神に後ろ髪を摑《つか》まれでもしたかのように真っ青な顔をしていた。

「倒れていたのは成宮さんで、すでに亡くなっていました。どうしましょう？　警察に我々の知るかぎりのことを報告しないといけませんね」

浅沼が顔をしかめ、かぶりを振った。

「なんてことだ……亡くなっていたというのは確かなのかね？」

「ええ。その場にいた人たちが脈を測ったそうで。でもそんなことをしなくても、あれだけ頭部を激しく損傷していれば、まず助からないのはわかります」

時計は間もなく夜の九時になろうとしていた。

「まさか香代が……香代が連れ去ったのか……」

浅沼が唐突にそう呻《うめ》いた。まさか、と声をかけたかった。だが、その言葉は喉《のど》の奥に引っ込んで出てこなかった。私もまたどこかでは同じことを考えていたからだ。

裏切り者——それが成宮を意味していたのならば、そういうこともじゅうぶんあり得るのでは、と。

8

その後、男たちは慌ただしく飛び出して警察に事情を話しに出かけた。浅沼とノーラン小金井は今日集まることになった事情などを根掘り葉掘り聞かれているようだった。

店に戻って来たマスターは、やれやれ、とため息交じりに警察とのやりとりの詳細を私に伝え、閑散とした店内を見回し、私のほうを見やった。

「あれ、芽衣は？　どこに行った？」

私は芽衣が奥の準備室で仮眠をとると言っていたことを伝えた。

「そうか。きっと疲れたんだろう。人の死というのは精神的にこたえるものだからね。しかも、自分が行なった降霊術が原因かもしれない、と思えば罪悪感も抱いてしまう……仕事とはいえ、今回の出来事はしょうじき彼女にはキツかったと思う。潤子ちゃん、今日はもう早じまいしていいよ。俺もちょっとここで一息ついてるから」

「でもまだ後片付けもありますし……」

「大した量じゃないし大丈夫だけどなあ……わかった、とりあえず、下で何か食べておいで。もし頼みたいことが出てきたら連絡するし、何もなければ連絡しないから、そのまま帰っていいよ」

そういう曖昧なのは嫌だな、と思ったが、それは言わずにおいた。それに、一階の〈マジカリ〉に行けること自体は大歓迎なのだ。

カレー屋〈マジカリ〉は先週のグルメ特番で新たなるジャンク飯業界の王者と紹介されたばかりとあって今も人気は継続中だ。

しかし、その足を引っ張るのが、昨日発売となった『ジャンクフードキングダム』だ。例によって星野司が酷評し、★も安定の一つという辛口採点だった。そのため か、行列はできているものの、十分ほど待っていたらすんなり入店することができた。レビューに左右される客層が消えただけ、ありがたいとも言える。

実際、味に自信のあるジャンク飯屋であれば、自分の舌を信じるジャンク飯好きたちのリピートが期待できるから、テレビや雑誌で酷評されても一定の黒字は保てるはず。つまり、よく名店の前にできる長蛇の列なんて、その半分は人気にあやかった〈泡沫《ほうまつ》客〉が群がった結果の産物に過ぎないと言えるだろう。

私は今日、ずっとカレーが食べたかった。それも、じつのところ〈マジカリ〉にしかない特殊なカレーが食べたくて仕方がなかった。

ようやく順番が来て、ドアを開けると、途端に濃密なカレーの匂いに包まれた。〈マジカリ〉は〈マジ辛〉とも渾名《あだな》されている。実際その辛さたるやハバネロ何本分かというレベルである。

しかし辛いだけではない。その人気メニューは〈本格インド風カレー皿うどんライス〉。インドに皿うどんがあるわけもないから、〈本格インド風〉は間の〈皿うどん〉を抜いた〈カレーライス〉にかかっているのだろうが、一体なぜカレーライスと皿うどんをミックスしようなんて思いついたのか。

しかし驚くべきことに、これが相性抜群だ。あのやみつきになるパリパリ麺《めん》に、ココナッツと唐辛子たっぷりのカレーが何とも絶妙にマッチし、最後まで無言でパリパリボリボリと貪《むさぼ》り食べてしまう。

カウンター席に座ると、左隣の客がとてつもない速さで皿を空にして、店長に呼びかけた。

「店長、〈サラカリ〉おかわり」

〈本格インド風カレー皿うどんライス〉を〈サラカリ〉なんて略すのは、常連客に違いない。だが、それ自体は珍しくない。マニアックな店なんていつでも常連客で賑《にぎ》わっているものだ。私が驚いたのは、その声だった。

だってそれは、紛れもなく――。

「王子……？」

隣の人物は黒のニット帽に濃いめの大きなサングラスをかけ、ラフなシャツに仕立てのいいジャケットを羽織っていた。変装すればするほど、オーラが滲《にじ》み出ている。これ、見る人が見れば天草茅夢だってバレバレなのでは……。

「やっと気づいたね。僕は入ってきた時から気づいていたよ。潤子さん、何か悩みがあるんじゃない？　そんな顔してるけど」

王子の推察力もかなりのものである。

観念して私は事情を話し始めた。かなり事細かに話したのは、もちろん王子がどう考えるのかを知りたかったからだ。話を聞き終えると、王子は残りのパリパリ麺を蓮華《れんげ》で掬《すく》ってたいらげた。

「ふうん……つまり、成宮さんは降霊術のあとでトイレに行き、およそ五分後そこから消えて、十メートルほど離れた京橋コインパーキングで死体で発見されたわけだね」

「そういうことになりますね」

「移動距離でいえば、それほど不可能ではないよね」

「でも五階から地上までですから……」

「一フロア約三メートルで換算すると、直線距離にすれば、五階までの高さは約十五メートル。一階に降り立った地点から京橋コインパーキングまでの距離は約十メートル。仮に五階の高さから京橋コインパーキングまでを斜めに結んでできる直角三角形が、九十度、六十度、三十度くらいだとしたら、三地点を結ぶと三平方の定理が使えるから、およそで考えて五階から京橋コインパーキングまでを斜めに結んだ直線距離は二十メートルってことになる」

この場合、さっき十五メートルといった高さは、十ルート三としてカウントするのだろう。数メートルの誤差に過ぎないから、王子の考え方はおおよその見当をつけるには適切だといえる。

「三平方……なつかしい響きですね……」

中学校で習った記憶があるが、当時は数学が苦手すぎて、まずルートが出てきた時点でアウトだった。

「つまり、辺の比率は二対一対ルート三ってことですね」

私の確認に、王子は三度頷いた。一度目は自分自身への頷き、二度目は目の前の相手に向けての頷き、三度目は大スター・天草茅夢の公式見解としての頷き。

「そう、あくまで目安だけどね。通常、バーから階段を使って地上まで降りて京橋コインパーキングまで移動した時の距離は斜辺を除く他の二辺の和だから、十メートル＋十七メートルで二十七メートル。まあ、全力で走れば十秒以内で移動できる距離だ」

「でも、実際にはトイレの窓からですから、その正規経路ではないことになります」

「となると、斜辺経路だからおよそ二十メートル。さらに短い時間で目的地に到達できる。実際、潤子さんの推測どおり、移動の途中で建物から落下したとなれば、走った以上に早くに地上に到達できたことだろうね」

「ええ。じつは、警察も、私たちもそう考えようとしてるんです。つまり、成宮さんは奇術師で脱出王だったから」

そのことは、戻って来たマスターから聞いた。

「ああ、なるほど。脱出王なら、脱出に自信があるから、トイレの小さな窓から逃げようとするのも道理だし、慢心が祟《たた》って、落下したのも切羽詰まった心理状態ならあり得ないことではない、か。ふーん」

王子は何やら納得がいかないというふうに口を尖《とが》らせた。かわいい。ドラマでワンショットでもあったら五十回くらい再生しそうな表情を私一人が目撃してしまっている。なんて贅沢《ぜいたく》なのだろう。

「ええ。おそらく霊に恐れを為《な》して、小さなトイレの窓から脱出して逃げようとし、ふたつ隣のビルの屋根に飛び移ったときに、そこから京橋コインパーキングへ転落したのではないか、と」

「ふむ……警察の見解は？」

「鑑識課の精密な調査があれば、死因が転落によるものか、簡単に見分けはつきます。ただ、そこも現場の判断がけっこう関わってくるんじゃないかと思います。たとえば、現場担当になった刑事が、初見で転落死、と断定すれば、それ以上の調査はされない場合もあるんじゃないか、と」

「なるほど。それでは今回の場合は――」

「念のため、調査しているみたいですけどね……それより私はちょっと混乱気味で。もともとあんまり幽霊とか信じてなかったんですけど、今日の光景を見ると、さすがに怖くなってしまって。だってあれは実質――」

「呪い殺されたようなもの？」

「ええ……印象としては、本当にそんな感じです。あんな降霊会さえ開かれなければ、起こらなかったはずの悲劇です。すごく後味が悪いですね……」

「ふむ……それじゃあ、とりあえずはその嫌な後味をカレー味に変えちゃおう。カレー味って強烈だよ。どんな料理も、ひとたびカレーを混ぜれば、いろんな味が背後に回って〈カレー味〉になってしまうんだ」

「それもそうですね」

何より、この旨《うま》そうな匂いに抗えそうにない。

と――そこへ新たな客が現れた。鰹節《かつおぶし》を削ったような縮れ毛茶髪に、梅干しを食べたみたいな渋い顔をした中年男性が、己の鰹節をいじりつつ、私の右隣の席に腰を下ろした。

「おやおや、これは偶然が偶然を呼び寄せるね」

王子が笑いをこらえきれないといったふうに言った。

「あら、いえきっと、類が友を呼んだだけですよ」

私たちは笑い合った。

「な、なんで天草さんたちがここに……！」

そう、私の隣の席に座ったのは、木下刑事だった。

9

「そうでした、お二人は婚約者でしたね、御一緒にいらしてもまったく不思議はないですな」

　木下刑事はやや慌て気味にそう言った。どうやら、デート現場に居合わせたと思っているらしい。そういえば、そういう設定だったことを思い出す。と思ったら、王子はすっかり演技モードに入っていた。

「そうなんだよ。今はちょうど挙式の日取りを相談していたんだ」

　なんて大胆な嘘だろう。頭がおかしくなりそうだ。推しと結婚？　日取りを相談？　それ、どうか正夢になりませんか？　いや、やっぱり正夢は困る。死んでしまう。心臓がもたない。

「でもなぜこんなところに？」

「じつは彼女、この上のバーに勤めていてね。だから僕は彼女が仕事を終わるまで、ここで時間を潰《つぶ》していたんだ」

「なるほど、そうでしたか」

　それから、木下刑事はきょろきょろと辺りを見回し、声を落として言った。

「天草さん、意外と変装そのままですから、マスコミにはお気をつけになられたほうが」

　すると、王子は朗らかに笑った。

「大丈夫さ、ここへ来る途中に三人くらいパパラッチに尾《つ》けられていたから、うまく撒《ま》いてきたんだ」

「さすがですな！」と感心して言った後、木下刑事は不意に首を傾《かし》げて私のほうを見た。

「ん？　この上のバー、というと、まさか潤子さんは五階にある〈せあんす〉にお勤めなんですか？」

「ええ、そうです」

　ここは隠しても仕方がない。何しろ、相手は刑事である。

「またすごい偶然ですな。さっき、〈せあんす〉の客がコインパーキングで死体で発見されたばかりです。事件のあるところに、なぜか毎度あなたが働いていますな……まったくどういうわけです？」

「んん、そう言われてもですね、偶然は偶然ですよね。ほら、それを言ったら王子だってここにいる、これも偶然ですし、担当が木下刑事だというのも出来すぎた話じゃないですか？」

「私は担当じゃないですよ。たまたまオフだったので、この店に食べに来ようとしたら事件に遭遇して、捜査に首を突っ込んでいるだけです……っていうか、いま王子って言いました？　天草さんのことを王子って呼んでるんですか？」

うっかりそう呼んでいることがバレてしまった。

「あっ……ええと……」

しまった。婚約者設定的にもおかしい。と、そこへ王子がすかさず私の肩をぐいと抱き寄せて言った。

「彼女は僕をそう呼ぶんだ。そして、自分は王妃ってわけ」

「な、なるほど。いやはや……私も王子と呼んでよろしいですかな？」

「え？　木下刑事はふつうでいいよ」

「そんな……」

木下刑事は悲しげな顔になるが、すぐ気持ちを切り替えて私のほうを向く。

「ではせめて潤子さんのことは王妃、と呼びましょうかな。王妃、あなたはそもそもなぜそうも職業を頻繁に変わられるのです？　この半年間で三度って、さすがに多すぎでしょう？」

木下刑事のくせに、なかなか鋭いことを言う。

「それは他人のプライバシーですから、放っておいていただきたいです。あと、謎《なぞ》に引っ張られているって意味では、私も刑事も同じですよ」

苦しい展開だが、そう強引に言って切り抜けるしかない。まさか、自分の任務をここで打ち明けるわけにもいかない。するとすかさず王子が助け船を出してくれた。

「僕もそうかもしれない。こういうのは言葉では説明しにくいですよね。なぜミステリの名探偵は事件が起こる現場に、偶然居合わせてしまう確率が高いのか、とかね。それを解き明かすのは、運命を解き明かすにも近い話になりますよね」

木下刑事は推しにそう言われ、しぶしぶながら説得に応じたようだった。

「むぅ……まあ、いいでしょう。それで、お二人はあの事件についてどう思われるので？」

「どう、というか、警察はトイレから脱走を図り、ビルとビルの間を移動する途中で転落死を遂げた、という見解だと聞きましたが」

「まあそう考えるしかない、ということです。彼はトイレに逃げ込んだ。その現場をあのバーにいた全員が目撃している。トイレの中には、窓が一つしかなく、ほかに出入口のようなものはない。しかも、亡くなったのは、かの脱出王です。窓からの脱出を図った、というのは自然な考え方でしょう。ただ……」

「ただ？」

「私が腑《ふ》に落ちないのは、高さなんです」

「高さ、ですか」

「たしかに京橋コインパーキングは二つのビルに挟まれてはいます。でも、その間にはそれなりの距離があるし、あの建物から移った場合、四階の屋根に着地し、そこから隣の三階建ての建物の屋根に移る以外ない。でも、そこから転落しても――」

「あんなに血は出ないだろうってことだね？」

王子がすかさず鋭くそう指摘した。

木下刑事はやや驚いたように顔を上げる。

「そ、その通りなんですよ。しかし、鑑識の結果が出ない現状では状況的に事故死と考えて処理せざるを得ない。何しろ、五階のバーのトイレに行った場面はほぼその場にいた全員に目撃されているわけですからな」

それは確かだろう。正確にいえば、芽衣だけは失神していたから見られなかったと思うが、そこは大した問題ではないはずだ。ほかならぬ私自身が証人だ。

「なるほど。だから我々の見解を聞きたいと？」

「まあ、警察としてではなく、飽くまでトピックですな。事件はもう解決したといえば解決してるわけですから。少なくとも、管轄《かんかつ》外の私がこれ以上口出しする案件ではない」

「ふむ……」

王子は木下刑事の言葉にしばし何事か考えるように黙り込んだ。やがて、こう言った。

「本当に解決しているのでしょうか？　僕にはまったくそうは思えないんですが」

「な、なんですって？」と木下刑事の声が裏返る。

「私もそう思います」と私は助太刀した。たしかに、状況的にみれば、脱出の失敗にみえる。だが、腑に落ちない点が多すぎるのだ。

そこへちょうど前かがみの姿勢で男性の店員が料理を運んできた。カレーの匂いが空腹を刺激する。今日という日の締めに、とあらかじめ我が胃袋が決めていた、待ちに待った一品が、いま届けられたのである。

10

「私の推理では」

そう私が口火を切ったのは、自分の考えていることにある程度の自信があったからだった。

「私の推理では――犯人はノーラン小金井です」

「な、何だって？」と木下刑事が、眉間《みけん》にさらなる皺《しわ》を刻む。

「ノーラン小金井は、マジシャンが手品をやる要領で、人目を盗んで何か特殊な薬を酒に混ぜたのです。それを飲んだために、成宮さんはトランス状態になり、強迫観念に駆られトイレの窓から逃げるなんてことを思いついた。そして、無茶な形で建物から建物へと飛び移り、転落する」

「そう考える根拠があるのかね？」

「芽衣さんにつかみかかられて怯《おび》えていた成宮さんに対して、〈落ち着いてください。これをぐっと飲み干して〉などと話していました。確実にカクテルを飲み終えるように仕向けていた、と考えられます」

「なるほどね……」

王子がにっこりと微笑んだ。

「被害者に強迫観念を抱かせて、自ら行動させる、か。うまい作戦だよね。すべて被害者が自主的に行動したことだから、表面上は自殺になる。あるいはこれはプロバビリティの犯罪というやつに分類してもいいのかもしれないね」

「プロバビリティの犯罪？」

「有名なのは谷崎潤一郎の『途上』とか、江戸川乱歩の『赤い部屋』みたいなやつだね」

「ああ、可能性に賭《か》けた犯罪って意味ですね？」

その二篇なら青空文庫で読んでいた。

「今の推理は、プロバビリティの犯罪の系譜としては面白い。何しろ、被害者が脱出王の異名をとるマジシャンだということが織り込み済みの計画なわけだから。ある意味、ジャンク飯みたいに要素てんこもりのオモシロ推理だ」

「ジャンク飯みたいですって？　そりゃまたどういう理屈ですかな？」

　木下刑事が食いついた。この刑事、思いのほかジャンク飯に対する情熱がすごい。

「この事件、ジャンクだと思わない？　つまり、そう、やみつきになる要素てんこもりの事件。しかもその推理がいい。手品師と霊媒師がいて、奇術あり、降霊術ありの状況で起こった不可解な脱出からの転落死で、犯人はマジシャンによるプロバビリティの犯罪。意外性もあるし、導き出された推論はじつに優雅にそれを解き明かしているようにみえる」

「ように、みえる……というと、王子は私の推理に納得したわけじゃないんですね？」

「そうだね。まあ理由はこれから説明するけど」

「王子、まさかもう真相を看破してるってことですか？」

　ここ数カ月、王子がただの俳優ではなく、高性能な推理力の持ち主であることを見せつけられてきた。

「先に結論から言っておくと、これはじつに華麗な華麗な犯行だよ」

　それから、王子はスプーンで皿うどんを砕いてルーの中に漬けて麺を少し柔らかくしてから、掬ってみせた。

私は一つの疑問をそっと飲み込んだ。

王子、いまのまさか、オヤジギャグですか？

11

「まず、僕らには整理しなければならない事柄が多い。一見マジックに見えるものの多くには、シンプルな手順が隠されているんだ。それはプロバビリティの犯罪にみえるものも同様かもしれない。仮に犯人が深い殺意をもっているとしたら、僕なら、可能性の殺人になんか賭けたりしない。もっと確実に殺せる方法を考えるだろう」

「天草さん、そんなきれいな顔で怖いこと言わないでください……」

木下刑事が思わずといった感じでそう呻く。私は同担拒否ではない。木下刑事の王子推しはけっこう本物だと考えていいだろう。だが、王子はそんなことはお構いなしに話を続ける。

「現実が複雑に見えるとき、人はそれをマジックだと感じる。たとえば、あり得ない場所への移動。僕らはそれがあり得ないがゆえに魔法だと考える。種明かしのある魔法ならば、それを人はマジックだという。ただし、それでもその種はわからない。シンプルな仕掛けであればあるほど、見逃してしまうものなんだ」

私は、皿うどんの麺を軽くスプーンで押しつぶした。パリパリッと音を立てて麺が崩れ、優しくカレーの風呂《ふろ》に溶け込んでいく。スプーンでそれを白いライスに絡《から》ませてから掬い取って口に運ぶと、途端に口内が大炎上する。マイルドな大炎上。至福なる地獄が、ここにある。

「王子はなぜそんなことがわかるんですか？」

「んん、俳優業というのもある意味では手品を見せているようなもんだからね。ドラマの世界に視聴者を引き込む時は、いくつかのテクニックが要る。もちろんテクニックを超えた演技力も重要だけど、それ以前のテクニックがものを言うところはけっこうあるんだ」

「ふうん、そういうものですか」

考えてみれば、俳優業というものもかなり奥が深そうだ。役柄によってさまざまな職業の人間になりきらなければならないし、どの役であっても視聴者を引きつけねばならない。

「逆に、マジシャンの世界というのも、演技力がものを言うところはあって、そういう意味でマジシャンと俳優というのは〈騙《だま》す〉ことを稼業《かぎよう》としている同じ穴の狢《むじな》かもしれないね」

「なるほど……つまり、王子はこの事件はマジシャンによる手品だと言いたいんですね？」

「いや、事件の性質がマジックだということだよ。いたってシンプルな仕掛けによる、マジックなんだ」

「それはどんな仕掛けなのでしょう？」

「まず、あらゆる偶然性をいったん排除して、今日という日が、かなり前から計画されたものであった、という前提に立って考えてみよう」

　木下刑事が前のめりになる。

「なるほど。プロバビリティの犯罪という線をいったん排除するということですね？」

「そう。プロバビリティの犯罪である可能性は、最後に取っておく。それより前に検討すべきなのが、計画的犯行だよ。僕が潤子さんの……王妃の話を聞いていて気になった点が一つ。成宮は、降霊術が始まると知るや否や、難色を示した。そうだね？」

　王妃と呼ばれて変なテンションになり、思わず気持ちのわるい踊りまで踊りだしそうになる。

「ええ、たしかに、成宮さんは乗り気ではないようでした」

「でも、おかしくないかな？」

「何がでしょうか？」と私が尋ねると、王子はこう続けた。

「王妃の印象では、霊を信じているのは、浅沼とノーラン小金井で、成宮は非科学的だと断じていた。それなのに、霊を信じてないはずの成宮が震えだすなんて」

「それは――実際に霊が乗り移った様子をみて、怖くなったんじゃないでしょうか。けっこう、ふだんは幽霊を信じていない人でも、目の前でそうした現象に出会って怖がりな一面を覗かせることは珍しくないと思います」

「なるほど。でも、たしか彼はこう言ったんでしょ？〈霊が人を使って話すなら僕も話してみたい〉と。そこまでの大口を叩いていた人間が、実際の降霊術で青ざめるというのはいささか納得がいかない」

「むう、たしかに、そうかもしれませんが。でも実際に恐れていたわけですから」

改めて指摘されれば、あのときのリアリストぶりと、降霊会を終えた後の挙動不審な様子は、同一人物とも思えないほどだ。しかし、現実の人間の反応というのは、そう理詰めで割り切れるものでもないのではないか――私はそう考えていた。

だが、王子は言う。

「それが不思議だというのさ。成宮は本当に降霊術を怖れたんだろうか？　僕にはどうもそのへんがよくわからない。それよりも、幽霊じゃなかったから恐れた、というほうがしっくりこないかな？」

「幽霊じゃ……なかった？」

「王妃は僕にあの時の状況を細かく話してくれた。それによれば、たしか成宮は降霊術が始まる直前まで芽衣に会っていない。芽衣はずっと厨房の奥の準備室にいたから」

「ああ……それはたしかにそうかもしれません」

「そう、そして店の初回客だったから、初対面だった。つまり、成宮は芽衣の顔を初めて見て衝撃を受けたんじゃないかな」

顔を初めて見て衝撃を受ける？

なぜ——？

私には、王子の言っている意味がよくわからなかった。

「そんなに変わった顔じゃないですよ？　芽衣さんはおきれいだし、どちらかというとモテ顔だと……」

芽衣の顔を思い浮かべる。マスターより歳《とし》はわずかに上だが、目鼻立ちがはっきりして、整った顔をしている。

「顔を怖がったんじゃない。それが知っている人物の顔だから恐れたんじゃないかな」

「知っていた？」

「たとえば——芽衣が、香代と同じ容姿をしていたら？」

「同じ容姿……？　どういうことですか？」

頭が一瞬パニックを起こしたのは、先日のあまりに双子が多すぎる事件を経験したせいもあるかもしれない。だが、王子はこのとき、もちろん双子の可能性なんかを指摘したわけではなかったのだ。

「つまり、芽衣は香代そのものだった」

「そんな……」

あり得ない、と思いつつ、どこかで腑に落ちるものを感じている自分がいた。そう、成宮のあの時の表情は、死者に出会った者のそれだったからだ。

12

「ちょっと待ってください……芽衣さんは、でもマスターの奥さんであって……」

「それ自体が、仕込まれた偽装だったとしたら？」

「え……夫婦じゃないってことですか？」

「今日という日は、犯行者――または犯行者たちにとって、虎視《こし》眈々《たんたん》と備えられたXデーだったんじゃないのかな」

王子はさらりと二皿目を完食すると、水を飲みながらそう言った。

「犯行者たち……？　一人ではないということですか？」

「うん。首謀者は浅沼と、芽衣と名乗っていた香代。そしておそらく、二人の計画に、弟の小金井も従った」

「……なぜ、そんな大がかりな計画を？」

「数年前、香代を殺そうとした男がいる。その人物に復讐《ふくしゅう》をするためには、それなりの準備が必要だったんだよ」

「その男って、まさか、成宮さんが……？」

「だろうね。そうでなければ、成宮が芽衣をみて青ざめるわけがない。芽衣、というか香代は今から三年前、自身が買ったチョコレートに毒を注入された。動機は、マジックの秘伝の書を香代が管理していたからだ。成宮は、浅沼のもとに通いつめ、その秘伝の書の一部だけでも習いたいと思っていた。ところが、それをいつまで経《た》っても浅沼が許さず、何も教えない」

　たしかに、浅沼は今日、成宮に何も教えていないと言っていた。自分の見習いだったというわりに、奇妙なことだとは思ったのだ。代々マジシャンの家系にある者として、見習いにおいそれと先祖伝来の書を見せるわけにはいかなかったのだろう。

「そこで、焦《じ》れた成宮は秘伝の書を管理している香代を自殺に見せかけて毒殺し、秘伝の書を盗んで海外へ逃げ、華々しい成功を収めた。少なくとも、成宮は今日まで自分がうまく殺せたのだと思い込んでいたんだと思う」

「秘伝の書を盗んだ、と断言できますか？」

「いくつかの根拠がある。たとえば、王妃は浅沼が煙草に火をつける時に指先に炎を灯してみせたと話してくれた。すなわち、マジックの腕前は健在だった。引退した理由に、〈もう今じゃ手先が震えてしまってね〉なんて話していたが、手先も震えていなかった」

「ああ……たしかに」

「つまり、引退した理由はほかにある、と想像できる。それと、もう一つは成宮の華々しすぎる活躍だね。よほどの天才でもないかぎり、脱出ネタを一人で何本も思いつくなんて怪しいかぎりじゃないか。しかも、その時期は浅沼のもとを離れ、渡米して以降だ。タイミングとして、いささか出来すぎている」

「でも、実際には香代さんは亡くなっていなかったってことですよね？」

「そう。致死量には個人差がある。香代は一命をとりとめた。でもそのことを知らぬまま成宮はアメリカへ渡った。そして、浅沼は成宮に復讐するべく、世間に対しても香代が亡くなったふうを装《よそお》った。いわば、一世一代のマジックを仕込んだんだ」

　すると、そこで木下刑事が尋ねた。

「しかし王子、香代さんと芽衣さんが同一人物だという根拠でもありますかな？」

　この人、どさくさに紛れて王子呼びを敢行した。きっとずっと言いたくてうずうずしていたに違いない。

「王子、いいですか、王子」

ほら、急に連呼して足固めをしている。もうここから王子呼びしていくぞという固い決意を感じる。適応力の高さがえぐい。国会で総理総理と連呼する議員並みに王子呼びをしているじゃないか。

「根拠、物証、これ全般、我々刑事の好物でして。逆にこれがないと、意味をなさんのですよ」

だが、王子は刑事の執拗《しつよう》な追及にも動じる気配はない。

「物証、というのはないよ。ただ、これはちょっと王妃の言い方に僕も惑わされたんだけど、この点はむしろ明らかにしておきたい。王妃、店のマスターとノーラン小金井って、同一人物だよね？」

「ん？　あ、ええ、そうですすそうです。あれ？　私言ってませんでしたっけ？」

あまりに自覚していなかった点を指摘されて、拍子抜けしてしまった。私にとってはごく当たり前の事実――〈せあんす〉のマスターはノーラン小金井だ。

「おそらく、王妃は自分がふだんは〈マスター〉と呼んでいるせいもあって、〈マスター〉と言ったり〈小金井さん〉と言ったりしていた。だから、僕は最初、二人は別人なのかと思っていたんだ」

「え！　そ、それはすみません……誤解させてしまったようで……」

「でも、よく考えると、マスターが店のドアに向かったと話した後、急に来客があったとも何も告げずにノーラン小金井の存在に触れ始めたから、もしやと思った。紛らわしかったのは、あの時にマスターがドアを開けたことかな。でも、あれも理由があったんだよね。おそらく、ドアを開け放しておく必要があったんだ」

「そう言えば……たしかにマスターはあのタイミングでドアを開け放しにしましたね。なぜなんでしょう？」

「まあそのことはおいおい説明するとして、僕が王妃の話でおかしいと思ったところが他にもある。席に着く前、小金井は『いいんですか？』と遠慮がちに尋ねていたよね。入店して、カウンター席しかないのに、何故そんな確認するのかなって不思議に思ったんだ。でも、ふだんマスターをしている人がエプロンを外して客席につくなら、断る理由もわかる」

　そのとおり、あの時、マスターは換気のためかドアを開け、そのついでにエプロンを外して客席に座ることに対して「いいんですか？」と言ったのだった。

「それともう一つ、浅沼が『出来のいい義弟でね』と言った時にマスターは困った笑みを浮かべたと王妃は言っていた。困った笑みを浮かべたのは、誉められた本人だから、と考えればうまく説明が可能だよね」

「なるほど……自分で話していて、まったくの無自覚でした」

　これが推理小説だったら、アンフェアな叙述トリックだと怒られてしまうところだった。危うい危うい。私としては、店のエプロンをつけている時はマスターと認識しているけれど、今日のようにマスターの旧知の人物が来て、彼がエプロンを外して客席にいたのでしぜんと〈ノーラン小金井〉と認識がシフトしたのだ。そもそも、この店に勤めだす前から、ノーラン小金井はテレビで数度見たことがあったので、マスター呼びよりは遥《はる》かに呼びやすいのだ。

「それにもう一つ。マスターが芽衣のことを〈芽衣さ……〉と言いかけたことも王妃は話してくれていた。日頃から〈芽衣さん〉と呼んでいたのならわかるが、それまで王妃の前では呼び捨てだったのに、その時だけ〈芽衣さん〉と呼ぼうとしたのは何故だったのか？　浅沼に口寄せである芽衣の存在のことで説明を振られた時だった。浅沼を意識するあまり、思わずいつもと違う呼び方をしたんじゃないだろうか？　あるいは、本来の呼び方を」

「本来の呼び方が、〈芽衣さん〉だったってことですか？」

「いや、そうじゃない。MとNの発音は、とくに日本語ではときどき咄嗟《とっさ》に聞き違えることがある。本当はあのとき、こう言ったんじゃないのかな。〈ねいさん〉、つまり、〈姉さん〉と」

「ああ……」

「だから、マスターがノーラン小金井と同一人物であり、同時に芽衣と小金井が夫婦のふりをしているだけだということもわかった。では、〈姉さん〉と呼ばれた芽衣なる人物は本当は何者なのか？　これは、もう香代だとしか考えられない」

「ううむ……たしかに。これは驚きですな……！　新宿〈ボナサンド〉のカルボナーラ・サンドを食べた時を遥かに凌《しの》ぐ驚きです」

「あれは名店だよね」

「え、私は三軒茶屋の〈サンド天国〉のほうが好みですが」

通だね、と王子と木下刑事が同時に声を上げたので、思わず照れてしまった。いや、そんな場合ではない。

「おほん……ああ、ええと、話を戻してもいいですか？」

木下刑事が理性を取り戻して仕切り直す。

「いま王子は芽衣さん＝香代さんであること。および、彼女がかつて、秘伝の書を奪う目的で成宮さんに殺されかけたことを指摘されました。その推理自体はある程度理に適《かな》った部分もあると思います。でも、今夜起こった事件についてはどうです？　香代さん、浅沼さん、小金井さんの三人がどのような計画を立てれば、今夜のような事件が出来上がるのです？　死体の移動はどう説明するんですか？」

木下刑事のくせにいささか勢いよく追及しすぎている。おそらくこの刑事は、ジャンク飯を食べている時のほうが多少は脳が回るということだろう。

しかし、王子は相変わらずにこにこしている。天使。私の推しは今日も天使でした。潤子ここに死す。享年《きようねん》二十七。

「すべては、今日が万端準備された舞台だということを考えれば、見えてくるんだよ。おっと、その前に、僕はデザートを頼んでいいかな？」

王子は、近くを通った姿勢がイマイチな黒縁眼鏡の男性スタッフに手を上げると、こう言った。

「ナンクレ一つ」

「おお……」

思わず私も木下刑事も感嘆の声を上げてしまった。私の推しの胃袋はすさまじい。ナンクレ。それは〈ナンで作るクレープ〉の略で、この店のもう一つの看板メニューだ。クレープの中にはチョコミントアイスとチョコレートソース、バナナとブルーベリーがたっぷりと詰まっている。実質的に三杯目のごはんに等しいボリューム。

王子は、楽しみで仕方ないといった様子で、両手をすりすりと合わせた。もちろん、その仕草さえ、私にとっては尊すぎた。

13

「まず、成宮がトイレに逃げ込んだと考えた場合の話をしよう」

〈ナンクレ〉が到着すると、それを片手にもって一気にかぶりつき、王子の顔は一瞬にしてチョコレートソースまみれになったが、次の瞬間には見事に拭《ふ》かれてきれいになっていた。

「考えたも何も、そこは間違いないですよ。私が目撃者ですから」

そう、いくらその場の三人が共犯でも、私の目は誤魔化せない。

「うん。まあまあ。とにかく、そう考えた場合の話からね。出口は窓しかない。それも、王妃の肩幅よりやや狭いくらい小さな窓。その窓はたしかに開いており、そこから十メートル先で成宮は死んでいた。五階建ての建物から、隣の四階建ての建物へ、さらにその横の三階建ての建物へ、と飛び移る途上での転落死だと考えてしまうこともできる。しかし、いくつかの無理が生じる。それが、さっき木下刑事が指摘した落下の衝撃と損傷の矛盾だね。あの程度の高さから落下しても、ああいう頭部の損傷は起こらない。通常は」

「もちろん例外もある。何事も例外はあるがね」

「ええ、もちろん。でも、例外から考えるのは、あんまり推理としては面白くない。そんなことを言えば、どんな例外だって考え付くわけだし。たとえば、量子力学的な例外というのもあるよね。トイレから落下する時に、突風が吹き、斜めに落下する。その場合、距離にしたら二十メートル、つまりビル六階からの落下と等しくなるから、かなりの損傷になる確率は上がってくる。だが、そのような例外を考えるなら、たしかに例外が起こったのだという確証がないと難しい」

「ううむ、それはたしかに」

この人、どうして俳優なんて職業を選んだのだろう、と我が推しながら推理力の厳密さにそんな疑問が湧《わ》いてきた。

王子は続ける。

「こういう場合、大前提が間違っている可能性を疑わないといけない。大前提とは何か？　それは簡単に言えば、成宮はトイレの窓から逃げた、という前提だね。そもそも論になるけれど、トイレに逃げてもどうしようもない」

「でも、実際に成宮さんはトイレに逃げたんです」

それは私がこの目で確かめている。カウンターから左側へ走っていった。左側には突き当たりにトイレがあるばかりだ。ほかにはどこへも逃げようがない。

「左へ逃げていなかったとしたら？」

「左へ逃げていなかった……？　何を言っているんですか？　だって私がこの目でたしかに……」

「それが錯覚だったとしたら？」

「錯覚？」

「降霊会が終わった後、芽衣（じつは香代）が倒れ、王妃は事前に頼まれていたとおりに、厨房にミネラルウォーターを注ぎにいったん戻った。そして、戻ってきたタイミングで、ちょうど成宮が左側に逃げる姿が見えた。そうだよね？」

「ええ、そのとおりですけど……」

「ちなみに、王妃は今日職場に着いてから、準備室で身支度をしていない。入ったのはその後、芽衣に呼ばれた際の一度だけ。その時は精神統一の最中で真っ暗だった、と言っていた。ちなみに、全身鏡は準備室のどこに？」

「えっと、それは、入って正面の……あっ」

私にはすぐに王子の言わんとしていることがわかった。

「入って正面にミラーがあるのに、ドアを開けたときに真っ暗なのはおかしくないかな？　ふつう、厨房の明るさを、鏡が映し出すはずなんだ」

「え、でも、それってどういうことなんですか……？」

「つまりね。全身鏡が移動されていたということ。どこに？　もちろん、カウンターの左側に、壁面と垂直に、トイレへの経路を塞《ふさ》ぐように置かれていた。おそらく降霊会の最中は布が被せられてパーテーションとして使用されたんじゃないかな」

そうだ。降霊会の始まる前に、マスターによってパーテーションで閉じた空間が演出された。

「そして、王妃が厨房に水をとりに戻るタイミングで、その布をはぎ取る。その結果、成宮はカウンターの向かって右側へと──つまり出口のほうへと進んだのに、王妃は厨房から出てきて、全身鏡に映った成宮の背中を見ているから、トイレのほうへ進んだと視覚が受け取ってしまったんだ。あとはトイレの個室に鍵《かぎ》をかけておけばいい。スライド錠ならそんな細工は造作もないからね」

「そんな……私が見たのは鏡に映った成宮さんだったってことですか……？」

「ちなみにこれが──さっき王妃に聞かれた、マスターがドアを開け放しておいた理由だね。成宮が店の出入口から出て行くときにドアが開いたままになっていれば、その上の鈴が鳴ることもない。そうすることで、王妃に鏡のほうを現実だと認識させることができる。ドアが閉められたのは、その少し後、マスターが煙草を買いに出た時だ」

「ああ……」

あの時私はマスターがドアを閉める音は聞いたけれど、開ける時の音は聞いていない。当然だ。その前からドアはずっと開け放たれていた。

「でも、私に錯覚を起こさせるメリットは何ですか？」

「もちろん、成宮が出口から外へ出たことを悟らせないためだ。トイレに向かったと思い込んでいるかぎり、そこにいる三人全員には確固たるアリバイがあることになる。だけど、ひとたびこの錯覚の謎が解け、出入口から出て行ったことが露呈すると、たちまち一人のアリバイが崩れる」

「マスター……ノーラン小金井さんですか……」

14

あの時、マスターは早口でこう言いながら出て行ったのだ。

——では、ゲストがトイレから戻る前に、私は煙草を買ってまいります。失礼。どうぞごゆっくり。

あの台詞《せりふ》には、ミスリードを補強する意味もあったのだろう。トイレから戻る前に、と言えば、成宮がトイレに逃げたという情報をより確固たるものにすることができる。

「彼は出て行く前に、全身鏡に再び布をかけ、壁に寄せておくことも忘れなかった」

「そういえば……」

たしかに、あんな状況でマスターは手早くパーテーションを片づけていた。それがどういうことなのか私にはよく理解できなかった。それは、私には全身鏡の存在など念頭になかったせいなのだ。

　降霊術の最中は単なるパーテーションに見えるように布がかけられており、降霊術が終わり、私が厨房へ水をとりに行っている隙にその布が一時的に外される。その後、私が芽衣（香代）の世話をしている隙にふたたび布をかぶせて片づける——。

「あの全身鏡が準備室に戻されたのは、おそらく王妃がトイレに向かったタイミングだよ。たぶん香代と小金井との姉弟共同作業で行なわれた」

「……煙草を買いに行くふりをして外に出たマスター……小金井さんの行動はどうなりますか？」

　もしも、成宮がトイレではなく、同じく店を出て行ったのだとしたら、彼はその後を追ったということになるのか？

「彼のミッションは成宮殺害にあった。もし誤算があったとしたら、予想以上に成宮の逃げ足が速かったことかな。エレベータに運良く乗れたのかもしれない。おかげで、トイレの真下ではなく少し行った場所で殴打《おうだ》しなくてはならなくなった」

　本当はトイレからただ落下したように見せたかったのか。だが、それには成宮の足が速く、遠くへ逃げ過ぎていた。そのためコインパーキングでようやく追いつき、殺害に成功した。

「ちなみに、凶器は、転落死に見せかけるためにコンクリートの塊のようなものを使ったはず。それはこれから調べればすぐに見つかるだろう」

「……動機は何でしょう？」

その時だった。

カウンターの隅にいた客が声を上げた。

「もういい。そこまでにしてくれ」

そう言ったのは——。

「浅沼さん……」

どうやら、警察の取調べの後、浅沼もまたこの店に来ていたようだ。彼はスプーンで丁寧に皿うどんの残り滓《かす》を集めてライスに乗せ、さらにルーを掬い上げて食べると、ゆっくり口元をペーパーで拭《ぬぐ》った。そして、言った。

「この三流マジシャンがすべてをお話ししよう」

15

浅沼はたった数分間の間にかなり老《ふ》け込んだように見えた。ゆっくりとした動作でこちらを向くと、例の指のマジックで指に火をつけてみせた。それから、「おっと、ここは禁煙だったな」と言ってすぐに火を消した。

「話は聞かせてもらった。我々の犯行はもう見抜かれたようだ。種がバレたら、マジシャンは潔《いさぎよ》く廃業すべし。それが私のモットーでね。今夜は、私の一世一代の大マジックだった。先祖の秘伝にも頼らない、私が自らの手で考案した唯一《ゆいいつ》の手品さ。それを見抜かれたのなら、負けは認めなければなるまい」

「動機は何ですか？」

「君たちの言っていたとおり、秘伝の書を盗まれたことも動機の一つではある。だが、じつのところ、私はそのことをそれほど怒ってはいないんだ。むしろ彼の華々しい活躍をみて、大いに自尊心が満たされたところはある」

「自尊心が？　なぜですか？」

「奴《やつ》の成功は、我が一族の功績だからな。成宮はアメリカで華々しいキャリアを築いた。いくつか動画をみたが、すべてあの秘伝の書にあるものばかりだ。父たちの遺《のこ》したマジックは今でも世界の最先端なのだとわかって誇らしい気持ちになったもんだよ」

「……なのに、なぜ殺したのです？」

「もう十分に楽しませてもらった。幕引きはしないとね。何しろ、彼は我が先祖伝来の書を無断で持ち逃げした。代償は支払わねば」

淡々とした物言いが、かえって異常性を醸《かも》し出してもいた。だが、同時にこうも思った。動機はそれだけではないのではないか、と。もしかしたら、この男自身にはない動機があるのでは？　それは、彼の落ち着き払った様子からの想像だった。

「残念だな。もしも秘伝の書が手元にあれば、この犯行はもっと完全犯罪にできたはずなのに。あれを盗まれた時に、すべての歯車は狂い出していたということか」

「そうじゃないよ」

王子が静かに言い返した。

「たぶんあなたが人の命に幕を引こうとした時からおかしくなったんだ。人の命に幕を引いていいのは、神様だけだから」

「……次のマジックの参考にしよう」

彼はそういってコップの水を飲もうとしたが、それをすかさず王子が止めた。

「あの世でマジックは流行《はや》ってないよ、きっと」

苦悶《くもん》の表情から、いましがたコップの中に毒を混ぜて自死を図ろうとしたのは間違いないようだった。

「それと――あなたは首謀者じゃない。飽くまで命じられて仕掛けを考案しただけだ。あなたには動機が足りない。動機がじゅうぶんにあるのは、香代さんだ」

「……根拠がないな」

「あるよ。三年前の毒入りチョコレート事件だ。当時、屋敷には何人かの見習いがいたにも拘《かか》わらず、香代さんは犯人を成宮だと断定した。それは、成宮にしか毒を入れる機会がなかった――つまり、寝室の小型冷蔵庫にあったチョコレートに毒を入れられるほど親密な関係にあったのは成宮だけだったという意味なんじゃない？」

「……そんな憶測には答えられないね」

「憶測かなぁ。ちなみに、これはあなたが自分の犯行を認めながらも、警察に成宮の過去の犯罪行為を訴えようとしない理由でもあると思うんだけどね。つまり、成宮の過去の犯罪に触れれば、どうしても香代さんと成宮の当時の関係も明るみに出てしまう。夫であるあなたとしては、それは絶対に避けたいんじゃない？」

「何も話すことはない……私が犯人で十分だと思うがね？」

だが、それでも王子は追及の手を緩めなかった。

「降霊術のとき、香代さんは成宮に飛びかかった。それほどの憎悪《ぞうお》は、愛憎なかばでなければ生まれないんじゃないかな。単なる復讐心ではない」

「……笑止だ。そんな証言が裁判で通じるわけがない。刑事さん、私が主犯だ。さあ捕まえてくれたまえ」

その時だった。

店の外が急に騒がしくなった。人がどこからともなくざわざわと寄り集まってくる気配があり、次いで「誰か！　救急車！」と叫ぶ声がした。

「まさか……」

嫌な予感がして、私はすぐに店の外に飛び出した。浅沼と木下刑事もほとんど同時に飛び出していた。

人々が集まっているのは、京橋コインパーキングのやや手前だった。黒い礼服姿の女性が倒れている。それが、先ほどまでバーで降霊術をしていた芽衣こと香代であるのは明らかだった。

「香代……香代ぉおおお！」

泣き叫ぶ浅沼を、木下刑事が抑えた。

だが、私はその時、彼女の死体のべつの部分に目がいっていた。それは、黒いヒールの淵についた〈N〉のマークだった。

16

N徽章《きしょう》……。

まただ。しかし、今となれば納得はいく。今日という日が、香代にとってのXデーだったのだ。浅沼は帰国していた成宮にコンタクトをとり、再会の日取りを今日と定めた。そして、香代自身が例の会員専用のプリペイドカードを使って予約をとった。事前支払いを行なったのはこうなることを考えての配慮だったのかもしれない。とにかくその結果、私は〈せあんす〉に派遣されることになったわけだ。

ふと周囲を見回すと、王子の姿はなかった。そういえば、さっき店を急いで飛び出したのは、私と浅沼、木下刑事であって、そこに王子の姿はなかった。

振り返ると、店のなかで、王子は淡々とデザートを食べていた。

ちょうど澤村から連絡が入ったので、私は「N徽章ならありました。その話は後ほど」と告げて通話を切断し、王子のとなりに座った。

「たいへんな夜になってしまいました。なぜ彼女は……」

「無理心中ってやつだね。浅沼は妻が殺されかけたことと、秘伝の書を盗まれた報復がしたかった。でも、香代のほうは違ったんじゃないかな。たぶん、香代は成宮と相思相愛だと思っていたのに、成宮は秘伝の書の在処《ありか》を知るために彼女に近づいただけだった。そのことが許せなかったんだ。だから、今日無理心中してやろうと、最初から決めていたんじゃないのかな。そうでなければ、降霊会の直前にモーツァルトの〈レクイエム〉なんて聞かないよ」

「……なぜですか？」

「だって、レクイエムって鎮魂曲だ。霊を呼び寄せようってタイミングで、霊媒師が聞くもんじゃない」

「ああ……」

なるほど。呼び寄せる霊が鎮まってしまっては困るということか。

「彼女は本物の霊媒師じゃないですから。単に知らなかったのかも」

「でも、彼女はいつもは艶《あで》やかな衣装を着てるんでしょ？　それなのに今日は闇に溶け込むように真っ黒……つまり礼服に身を包んでいた。これから死ぬ人物の魂を先回って弔っていた、と考えるべきなんじゃないかな」

「そんな、先にって……どうして……」

「あとで弔うことはできなかった。自分も死んでしまうつもりだったから。自分たちの、二人分の魂を弔うのに、モーツァルトの〈レクイエム〉ほど最適なものはないんじゃないかな。もともとモーツァルトの〈レクイエム〉は、匿名《とくめい》の男性からの依頼に応《こた》えたものだった。しかし、制作中にモーツァルトは病に侵され、意識が朦朧《もうろう》とするなかで、それが彼自身にとってもレクイエムとなり得ることに気づいていった。ね。二人分の鎮魂に相応しいんだよ」

それから、王子はお腹をさすった。

「ふう。腹八分目で医者いらずっていうし、これくらいにしとこうかな」

「え、八分目だったんですか……？」

王子は本格インド風カレー皿うどんライスを二杯とナンクレを一つ平らげている。腹十分も超えたのではと思っていたところだけに、王子の胃下垂ぶりには心底驚かされる。

「ところで、そろそろ潤子さんの本当の職業を教えてくれたりしないの？　潤子さんは変装もなかなかだけど、各職業の習得技能もかなり高いよね。単なる詐欺師《さぎし》とか泥棒にしては有能すぎると思うんだ」

「なんで詐欺師や泥棒限定なんですか」

「いや、実際のところ、今はそれ以外だと思ってる。というか、確信してる。理由は……まあそれは今は内緒」

「え、ずるい」

もしかして、王子は気づいてしまったのだろうか？　私の本当の職業について。

「潤子さんが職業を教えたら、こっちも教えるよ」

「んん、私はフリーターですよぉ……」

たとえ感づかれているにしても、こちらから正体を明かすわけにはいかない。

「ミステリアスだな、潤子さんは。まあいいや。ごちそうさま。帰るよ。これから撮影だから」

「え……？　この時間からですか？」

「これから夜通しさ。ドラマの撮影では、こんなのザラにあることでね、全然珍しくも何ともないんだ」

王子は立ち上がると、私にこう言った。

「それじゃあね、僕の推しの潤子さん」

「……え？」

何か言い返そうと考えるにも満腹過ぎて思考が鈍っていて言葉が出てこない。だけど、いま王子は私を推しと言った？　推しの意味わかってるんですか、王子。推しというのは神のように尊くて、恋人よりも（以上じゃない。恋人は含まない。飽くまで「よりも」）好ましくて……そういう意味ですよ？　用法合ってます？　たぶん間違ってると思います！

だけど、そんなことは何も言えないくらい、私は満腹で幸福だった。私の胃袋は、王子の半分しか食べていないが、とっくに八分目を超えていたのだから。

王子が店から出て、ちょうど現れた赤いアルファロメオに乗り込むのを呆《ほう》けた顔で見送っていると、不幸の連絡がやってくる。

「N徽章、どこで見つけたんだ？」

ワイヤレスイヤホンの向こう側からそう尋ねるのは、言わずもがな、澤村だ。

「本当に単刀直入ですね。情緒ってものはないんですか？」

「母親の胃袋に置いてきた」

「胃袋から生まれたとは知りませんでした。ええ。ありました。今回は死体が二体。一人はアメリカで活躍していたマジシャン。もう一人は、そのマジシャンの師匠にあたる男性の妻です。そのヒールにN徽章が」

「また死体か。殺人か？」

「無理心中のようですね」

私は事件のあらましを簡単に伝えた。もちろん、王子の存在については一切語らぬまま。

「どうも匂うな。偶然にしては出来すぎている」

「でも一つ一つの事件自体は、つながりがあるとは思えません」

「一見つながりがあるとは思えないのに、殺人が続く。こういうの、ミステリではミッシングリンクっていうんじゃないのか？　俺たちが今はまだ発見していない何らかの共通項があるはずだ。それを探れ」

「そう言われましてもねぇ……」

「おまえの給料は安くないんだぞ」

通話は切れていた。言いたいことは山ほどあった。上司としてだって乱暴な物言いだが、それが元カレの台詞だと思うと余計に腹も立ってくる。けれど、まあ、そんなことはもはや言っても仕方あるまい。お互い過去のことだ。どうでもいい。

それから私は、残りのルーを掬って食べた。

空腹を我慢した降霊会のあとに食べるカレーは、じつに華麗で満足できるものだった。次はいつ食べられるだろう？　もうしばらくこの土地には用がなさそうだ。そんなことを考えながら、どうしたもんかな、と思った。

どうやら、N徽章の関わる事件の現場には、あまねく王子が存在している。そのことを、私はまだ澤村には伝えていない。とても重要な〈ミッシングリンク〉かもしれないのに。

これを偶然で片づけてしまっていいのだろうか？

幕間——天草茅夢の近況報告レター③——

やあ、ファンのみんな。いまは明け方の四時。疲労疲労疲労、疲労がとにかくヤバい。最近はもう食べ物の匂いを嗅ぐのが本当に嫌になったね。これも職業病かな。もう匂いを嗅いだだけでムカムカしちゃうんだ。大丈夫、好きなものは食べられるから。とにかく、今は好きなものだけ食べてる。みんなとの約束のためにも、元気でいなくちゃね。

だけど、もうこの会報も終わりにしようかなと思う。

心配しないで。それは悲しむべきことじゃない。君たちと僕の約束を果たすときがきたんだ。

Nを終わらせる——そうしたら、あとは舞台の上で会おう。

僕が笑顔でみんなに手を振るから。みんな、僕が約束を果たしたことを祝福してくれるかい？　約束だよ？

だって僕は君たちの、天草茅夢なんだから。

必ず、僕は世界を救ってみせる。最後まで僕を信じて。

ご清聴ありがとう、ああもうスズメがうるさいな。

今日も仕事か。がんばろう。

みんなの天草茅夢より

第四話

ミッシングリンクを探れ！

1

「王子が……？　まさかね」

私は己の中に芽生えつつある疑問を、みずから笑い飛ばした。

そんなわけがない。王子が、犯罪に関わっているだなんて。

N徽章の持ち主の周辺ばかりを私が職場としていたのは、もちろんそれが任務だからである。何のどんな任務なのか？

それを説明するには、いささか経緯を語らねばならない。

遡《さかのぼ》ること半年前のその日、私は澤村に呼びだしをくらった。時間が夜だったこともあり、また恋人としてヨリを戻したいなどと抜かすのでは、と警戒しつつ事務所へ向かった。

そこは、〈当面の事務所〉として澤村が仮押さえしたオフィスなのだが、今のところ移転の予定はなかった。場所は高田馬場。薄汚い雑居ビルの立ち並ぶエリアの片隅に、そのオフィスは、長い付き合いの親戚《しんせき》のような佇《たたず》まいで存在していた。

私が到着すると、中にはすでに澤村以外にもう一人、高齢に差し掛かる男性がいた。白髪に白髭《しらひげ》、丸眼鏡をかけ、赤い蝶《ちょう》ネクタイと、仕立てのいいスーツに身を包んでいる。男は、こんなみすぼらしい事務所にいること自体我慢ならないとでもいうように貧乏ゆすりをしていた。

「紹介するまでもないかな。波多村さんだ」

ネニ事務所の代表取締役にして、多数のアイドルを育成した業界の黒幕的存在である波多村稔一だ。社名のネニというのは、稔一のローマ字表記NENICHIの前半部分からとったもので、そこに所属するタレントはみな〈ネニタレ〉などと呼ばれる。

私がその名前を記憶していたのは、王子が三年前までネニ事務所に所属していたからだ。現在はその事務所から小さなプロダクションに移り、その間二年あまりは仕事量が減って悲しかった。ネニ事務所は芸能界のドン的なポジションで、退所すること自体が、いわば業界禁忌のようなところがある。

「じつは、数日前、波多村さんのもとにこんな手紙が届いた」

デスクの上にあるメッセージを、澤村は私のほうに近づけた。

そこにはこう書かれていた。

Nを終わらせる　千駄木で

「これ、脅迫状なんですか？」

私には意味がわからなかった。たしかに波多村稔一もファーストネームのイニシャルはNかもしれないが、Nで始まるものなんていくらでもある。これ一つで限定するわけにはいくまい。

私が疑わし気な表情をしていると、澤村が言葉を重ねた。

「Nというのは、おそらく〈Nファミリ〉のこと」

「Nファミリ？　何ですか？　それは」

「〈Nファミリ〉は、あらゆるネニ事務所所属タレントのファン会員の中でも、選りすぐりのVIPな会員だけが入会できる特別なファーストクラブで、現在でも会員数は二十人いるかいないか。彼らはすべて匿名《とくめい》会員で、その秘匿性は、フリーメイソン会員ばりに極めて高い。会員の証《あかし》としてN徽章を所有しているほか、専用のプリペイドカードを所有している。全国どこでも使えるうえに、通常の支払いに加えてVIPな待遇を受けられる特別なカードだ」

「どういう選抜方法なんですか？」

当然の質問だったが、澤村はやや波多村の顔色を気にしながら、声を落として続けた。

「経済状況による審査がある。簡単に言えば、年収が一定以上である者、またはその配偶者、あるいはそれに相当する資産がある者」

「要するに、金目当てのスペシャルファンクラブってことですね？」

「昼野、言葉には服を着せてやれ。裸で街をうろつくタイプか？」

「言葉に関してはそうかもしれませんね。我々の職業、そのほうがやりやすいってことないですか？」

「では命令だ。言葉に服を着せろ」

我々のいがみ合いに、波多村は嫌気がさしたように大きな咳払《せきばら》いをした。それから、いいかね、と言った。

「私が頼みたいのは、とにかく千駄木に向かい、可及的速やかにこの脅迫状の主の犯行を阻止してほしいってことだ。金ならたんまりとくれてやる。とりあえずこれが当座の資金だ」

そう言って彼が提示した金額は、事務所がホームページに出している調査料より、ゼロが二つ多かった。

「警察に相談するべきでは？」

私はそう口にしたが、その発言は二人に無視された。理由はおよそ察することができる。要するに波多村稔一には脅迫状の送り主に心当たりがありすぎる。というか、それだけの後ろ暗いことがありすぎるということだろう。警察に相談なんかしたら、後ろ暗いところを探られて、大騒動になるというわけだ。

「わかりました。それで、私が呼ばれた理由は？」

「〈Nファミリ〉の身を守るために、徹底した覆面調査をしてほしい」

「覆面尾行はある程度経験がありますが……」

というか、それなくしてはこの職業成り立たない。だが、澤村は首を横に振る。

「今回はそういうレベルではない。指定のある千駄木にいる〈Nファミリ〉会員は一人。会員は匿名を保つ義務があり、それはこの調査にあっても我々にも教えられないらしい。だが、位置情報だけなら問題はない。〈Nファミリ〉の会員証であるN徽章には位置情報追跡機能がついている。盗難防止用だね。それで、千駄木エリアにいる会員はどうやら一人しかいないらしいことまではわかっているんだ。誰だかはわからないがね。ただしくれぐれも〈Nファミリ〉の名を出して探りを入れるようなことはしないように」

「そんな露骨なことをするほど馬鹿ではありません」

「どうだかな。とにかく、その場所にうまく潜入し、N徽章をもつ人物を突き止めて守れ」

「それが誰かもわからないのに、ですか？　なぜそんなに会員は匿名性が必要なんですか？　何か悪いことでも？」

すると、途端に波多村が低い声で言った。

「ほかの事務所を当たってもいいんだぞ」

それで話は決まりだった。私はその会員が誰かもわからぬ謎《なぞ》の護衛を、半ば強制的に引き受けさせられたのだった。

2

そんなわけで、その日を境に私は闇月祿郎近辺を見張ることのできる適当な職を探すことになり、見事に家庭教師という身分で屋敷に潜入した。だが、私は事件の発生を食い止めることはできなかった。

闇月祿郎は殺された。もっとも、私には彼がN徽章の持ち主だとはわからなかったから、それ自体は仕方のないことだったが、知っていたからといって彼を死なせないことは不可能だっただろう。

なぜなら——どう考えてもあの脅迫文とは無関係の理由で殺されたわけだから。

その後、ふたたび波多村稔一のもとには脅迫状が送られてきた。

文面は〈今度こそNを終わらせる〉で始まり、後半が〈高円寺で〉となっていた。しかし、高円寺には〈Nファミリ〉会員はおらず、どう対処すべきかしばし考えねばならなかった。が、ほどなく澤村から例のホテルへ向かえ、という指示があった。理由を明かされたのは、ホテルのスタッフに採用されてしばらく経《た》ってからだった。どうやらそのホテルに、双子の会員が宿泊予約をとったというのだ。位置情報追跡サービスで調査したところ、同ホテルに寄り添うように二人の会員がおり、同日同時間に会員専用のプリペイドカードでの支払い記録があったことから、二組の双子が浮かび上がったというのだ。

そして、ホテルで殺人が起こった。

ただし、いざ解決してみればこれも脅迫文とのつながりは見つからなかった。何しろ、〈Nファミリ〉会員だったのは、李姉妹であり、被害者と接点はあっても事件自体には無関係だったからだ。

さらに今月はじめの事件――。三たび波多村のもとに送られた脅迫状の文言は〈もう次はない。Nは新富町で終わる〉だった。そして指定された地では〈Nファミリ〉の会員である芽衣（じつは香代）が殺人の黒幕として最後に自死を遂げたのだった。

ちなみにその日、帰宅前に一度、〈せあんす〉に戻った私は、準備室にあった浅沼香代の化粧ポーチの中にもやはり王子のプライベート写真があったのを確認し、回収している。

とにかく、私は三つの事件において、いずれも事後処理にまわることになった。不可解なのは、それらの事件にはそれぞれに犯人がおり、とても脅迫状の送り主と同一人物とは思われぬことだった。

それなのに、澤村は芽衣の死をもって、この事件は幕になったと判断した。

――脅迫状を書いたのは、浅沼香代だったんだよ。そして、最後に自死を選んだ。脅迫状の〈次はない〉との整合性もとれる。これにて依頼調査は完了だな。

澤村は快活な調子でそう言った。

だが――私はその点にいまだに納得がいっていない。

一件目はN徽章会員の他殺、二件目はN徽章会員の泊まる施設での無関係な人物の他殺、と二つの事件はN徽章会員の周辺で起こったという意味ではつながっているが、完全に同じではない。そこへ三件目――N徽章会員による無理心中。

澤村などは、「めでたしめでたし」と酒を飲みに出かけてしまったが、そんなうまい話があるのだろうか、と私は訝《いぶか》っている。

何より、香代は夫たちを利用して個人的怨恨《えんこん》から無理心中を図ったのであり、その人物像と〈Nを終わらせる〉という脅迫状の主が同じだというのは、どうにも納得がいかなかった。だいたい、香代がどうやってほかの二件の殺人に関わったのかが不明なままなのだから。

そんななか、私がふと気づいたことがあった。

それが――王子の存在なのだ。

3

考えてみれば、これまで起こった事件には、いずれも王子が姿をみせている。ジャンク飯屋が近くにあったからだが、それが単なる口実ということはないだろうか？　王子は現れるべくして現れた、とか。そして、何らかの方法で間接的に殺害に関与する――。

そんなことが可能だろうか？

こう考えてから、私は日々悩むようになってしまった。推しが犯人だなんて考えたくもない事案ではないか。

「あり得ないと思うんだよね……思うんだけど……」

そう独り言を言いつつ、私は濃厚すぎる豚骨スープを啜《すす》った。

私はこの日、赤坂にある〈カツラー〉を訪れていた。とんこつラーメンに味噌《みそ》カツとオニオンリングをのせた高カロリーメニュー〈味噌カツオニオンリング豚骨拉麵《ラーメン》〉が話題沸騰《ふっとう》のこの店に、私は最近どハマりしている。仕事終わりにキメると、もう何も物が言えない状態に入り、思考停止に陥るので、よほど明日が休みとかの時でないと難しいが、それでもこの店に来られるのは本当に至福のひと時だ。

それなのに、かのジャンク飯評論家の星野司ときたら、また先週ここを取り上げて酷評したのだ。何でも、〈この店の味噌カツと豚骨ラーメンを合体させる発想は、ありふれたものであり、ジャンク飯の潮流に乗っかっただけの風上にもおけない代物《しろもの》である。またオニオンリングは完全な蛇足〉だとか。腹立たしいことこの上ない。星野司という奴《やつ》は全然ジャンク飯の何たるかを理解していない。

「まったく、莫迦《ばか》な奴」

思わずそうつぶやきながら、一気にぞぞぞぞっと麺を啜った。ううむ、バリ堅の細麺の合間に、ほどよくとんかつとオニオンリングの油がしみこみ、これぞジャンクと叫びだしたい味わい。

続けてもう一啜り！　と思っていると、ふふふっと隣から笑い声が聞こえて箸《はし》が止まった。

その声は――。

「おうひ……？」

麺が口に入ったまま王子と言おうとしておうひになってしまった。王子と王妃ではまったく別物になってしまう。

「『そうですわよ、潤子さん。私が王妃でしてよ』」

王子はそんなことを言ってまたふふふと笑った。さすが俳優だけあって、こんな瞬時に王妃を演じてみても、それが様になってしまう。私の脳内には気品のある王妃が再生されてしまったくらいだ。

「っていうか、王妃は潤子さんじゃなかった？」

「え！　いや……え……ってなんでここにいらっしゃるんですか？」

「今日、この近くで来月から上映される僕の主演映画の試写会があってね。あとで舞台挨拶《あいさつ》をしなきゃいけないから、ちょっと待機してるんだ」

「あ！　それって『花暦《はなごよみ》の男たち』ですよね！　くぅう、私その試写会応募したのにチケットとれなかったんですぅ！　ぐやじいぃ」

「え、なんだ、言ってくれればあげたのに。今から行ってくる？　ほら。もうこれ、当日だしゴミ同然になるから使うならすぐ行きなよ」

王子はそう言って私にチケットを差し出した。

「え！　きき、記念にもらってもいいですか？　もう試写会は諦《あきら》めるので……来月映画館で観《み》ますし！」

目の前に推しがいるのに、それをおいて推しの試写会に行くほど判断力は狂ってはいない。

「あそう？　まあ喜んでくれるならよかったよ。ところで、いま潤子さん、誰かに怒ってなかった？」

王子はそう言いながら、オニオンリングを箸でつまみ、豚骨スープの中に浸してから口に運んだ。

「あ、いえ、ちょっといやな評論家のことを思い出しまして」

「ああ、この店を貶《けな》していた星野司？」

「それです！　本当に憎らしい！」

そんな私の様子に、王子はニヤニヤしている。

「潤子さんのジャンク飯愛の深さがよくわかるね。たしかに、彼の評論はだいぶ的外れだよね。よくあんな評論がウケてるなぁって思うよ」

「本当ですよね！」

と言いながら、王子の顔を直視できなかったのは、例の脅迫状の件を考えてしまったからだった。仮に王子が脅迫状の送り主だとしたら、王子ほどの有名人があんな脅迫状を出す理由は何だろう？

ここ数日、その疑問は繰り返し考えてきた。そして、そのたびに答えは一つしか出てこない。それは、古巣への復讐《ふくしゅう》。それ以外にないのではないかと思った。

そういえば、波多村稔一は脛《すね》に疵《きず》をもっており、いろんな方面から恨みを買っているようだ。王子は三年前にそこの事務所を辞め、小さな事務所に移ってキャリアをリスタートさせた経緯がある。今でこそ主演ドラマで高視聴率を叩《たた》きだしているが、辞めてからしばらくは危機もあった。ネニ事務所が総出で彼をつぶしにかかっているなんて噂《うわさ》まであったくらいだ。

だから、その時の恨みを晴らす、という線はないわけではない。だが、本来復讐者というのは現状が報われていないから復讐心を抱くものではないのだろうか？

その点で考えると、王子はまったくその犯人像に相応《ふさわ》しくはなかった。何しろ王子は成功者の鑑《かがみ》のようなキャリアである。たしかに苦しい時期はあったが、それを乗り越えての今がある。そんな王子が、わざわざ自分のキャリアを危険に晒《さら》すようなことをするだろうか？

だが、事実王子はすべての事件において近隣にいたのだ。

4

「今日は休暇なの？」

王子は鮮やかな手つきで目の前の料理を食べ進めながら、いつものように気さくに話しかけてくださる。この雲のずっと下にいる一庶民が、あさましくも王子を犯人と疑っているだなんて思いもせずに。申し訳ない。ごめんなさい。頭のなかで百万回高速で頭を下げる。

「ええ、二週間ほどまとめて休みをもらってるんです。一応、追っていた案件が片付いたので」

「追っていた案件って、雑誌記者か何か？　てっきり泥棒かと思ってたけど。もしやパパラッチ？」

「え？　いやいやいや……」

「だとしたら、僕は潤子さんにだいぶ見せてはいけないプライベートを摑《つか》まれちゃったなぁ。どこかの社みたいな特大砲を喰らいたくはないなぁ」

私は、「天草茅夢、白昼堂々ジャンク飯激食い！」が誌面を飾るところを想像して吹き出してしまった。

「まあ、泥棒でも雑誌記者でも、私のことはいいじゃないですか」

私の職業は、あまり王子に知られたくなかった。場合によっては、王子と敵対する立場にだってなり得るから。

「まあ潤子さんの職業はわからないけど、一つだけわかってることがある。それは、潤子さんがN徽章《きしょう》というものの存在を知っているってことだね」

「……なぜそのことを？」

「べつだん名推理ではないよ。こないだ潤子さんが一度香代さんの死体を確かめに行って戻ってくる時にワイヤレスイヤホンで誰かと通話しながら『N徽章ならありました』

って言ったのが聞こえたんだ」

「それは——現場にNと描かれたバッジがあったからで」

「でも、ふつうはそれを咄嗟《とっさ》に〈N徽章〉とは言わないよ」

まったくそのとおりだ。私としては迂闊《うかつ》だった。味噌カツの二切れ目を口に運ぶ。新潟にたれカツという名物があるが、あれより数段脂《あぶら》っこくワイルドな食感だ。美味《おい》しいけれど、全部食べきれるだろうか。そんなことが脳裏をよぎって王子のほうを見ると、すでにどんぶりが空になっていた。すぐさま王子は二杯目を注文する。

「おそらく、潤子さんはN徽章にまつわる何かを追っていた。たぶん職業は探偵か何かかな」

「かなり鋭いですね……」

「自然な推理だと思うよ。おそらくN徽章をめぐる何かは単発ではなく、連続していた。だから毎度潤子さんは土地と職業を変えざるを得なかった。探偵か、何かの首謀者か。どちらなのか考えて、首謀者の線は捨てた」

「なぜですか？」

「潤子さんは、自分の慎重さを隠さない一方で、推理力にはやや難がある。いわゆるダミー推理向きというかな。もしもこれが推理小説だったら、ダミー推理だから、気短な読者はそのページを読み飛ばす」

「ひどいですね……私はダミー推理もちゃんと読みますよ。むしろ、そういう精密なダミー推理ができるのかっていう驚きと、このダミー推理を真相は超えてくるってこと？っていう興奮がありますから」

「もちろん、本当の推理小説好きはそうこなくっちゃね。今僕が言ったのは、あくまで暇つぶしに推理小説を読む人の特徴かな。まあいいや。とにかく、潤子さんは首謀者向きじゃない」

「だから探偵っていうのも、納得がいかないんですが……」

「じゃあもう一つ根拠を言おうかな。さっきから視線がおかしい。いつもなら僕の顔をこれでもかというくらい凝視してくるのに、今日はそうでもないらしい。僕にすっぴんを見られて気まずいとかなのかな、とも思ったけど、きちんと化粧もしているし、むしろ今までよりきれいなくらい」

「え、いま私は推しに褒められましたか？　飛び上がっていいですか？　あ、いや誤解ですよ、顔を背けたのは大蒜臭《にんにく》に配慮してのことです」

「僕も同じもの食べてるのに？　それに、前にも大蒜増し増しのお店があったけど、そのときは全然そんなことなかった」

「ううむ……たしかに……」

これは分が悪い。王子は私ごときの即席の言い訳は簡単に見破ってしまう冷静な御仁だ。

「そこで辿《たど》り着く結論は一つ。潤子さんは僕と目を合わせられない理由がある。なぜか？　つまり、僕を疑っているからだ」

「……いや、そんなことないですよぉ……」

「潤子さん、嘘《うそ》が下手すぎるよ」

ここまで嘘が下手なはずがない。私はむしろ日頃は人を騙《だま》して生きるのが上手《うま》いはずなのだ。それなのに、今はまったくそれができなかった。推しは神にも等しい。神の御前で嘘をつくことはできない、ということだろう。

「じつは、そうなんです。ごめんなさい。でも、理由は王子と同じかもしれません。偶然にしては王子が現場にいすぎるから」

「僕も雇われた探偵かもね」

「こんなスターを探偵に雇う人なんていいます？」

「じゃあスパイかもね。芸能人には国際スパイが隠れてるって、昔からまことしやかに言われるよね。実際、海外のコメディアンとか演奏家のなかにはスパイがいたらしいし。僕はSVRとかCIAあたりの雇われスパイなのかもしれないよ？」

「一気に胡散《う》《さん》臭さ倍増ですね」

「まあでも、ジャンク飯が好きな我々が、ジャンク飯を前にして語るにはちょうどいいジャンクぶりじゃないかな。謎のスパイ、謎の探偵、さらにはミッシングリンク」

「ミッシングリンク……」

その言葉が、王子の口から出たことに驚いた。何しろ、N徽章の存在についても、脅迫状のことも、これまで王子に話したことがなかったからだ。

「そう。一連の事件をつなげる、目には見えない共通項。考えてみれば、この店は、それを考えるにはふさわしいかもね」

「え、どうしてですか？」

そんなところへ、ちょうど王子の二杯目が到着した。できたては、やはり匂いが濃厚である。

「味噌カツオニオンリング豚骨拉麵。味っ噌ぃんぐ（オニオン）リンク（グ）豚骨ラーメン」

「……王子……く、クオリティが低すぎませんか」

王子はくっくっくとしばらく自己受けして笑い続けていた。こんな姿すら尊く思えてしまうのだから、ファンというのは怖い生き物かもしれない。

「僕が思うに」とひとしきり笑い終えた後で王子は切り出した。「潤子さんはN徽章に強く反応した。これは推論だけど、これまでの事件でも、どこかでN徽章が絡《から》んでいた。で、それがミッシングリンクなのかどうか、というところで潤子さんは迷っている――ちがう？」

「な……なぜそれを……」

仕方なく、私はこれまでの事件のどこにどうN徽章が絡んでいるのかを話した。ただし、脅迫状の件は伏せた。あれは探偵としての依頼調査にまつわることで守秘義務があるからだ。

「そういうわけですから、もしもN徽章がミッシングリンクだというなら、私にとってはそれは全然〈ミッシング〉《失われた》ではありませんでした。はじめから提示されているわけですから」

「ふむ。一つめはN徽章の持ち主の他殺、二つめはN徽章の持ち主以外の他殺、三つめはN徽章の持ち主による無理心中。N徽章がいずれも絡んではいるけど、たしかに絡み方がちがう。そういった点から、潤子さんはN徽章がミッシングリンクではないと結論づけたわけだね？」

「まあ、そうなりますね」

「実際、被害者のミッシングリンクというなら、全員に目と鼻と口がある、というほうがよほど納得できる」

「それは……でもそれだと我々にもありますから、絞り切れません」

「まあね。でも、我々が知らないだけで、被害者には意外な共通項があったかもしれない。星座や血液型が同じとか。子どもの頃に似た経験をしている、とかね。そういうのは見た目からはわからないミッシングリンクだよね。むしろそういう方面を疑ったほうが、べつのリンクが発見されるんじゃないかな。それに、N徽章って、たぶん〈Nファミリ〉に与えられるものだと思うんだけど――」

「あ、やはりご存じなんですね……ネニ事務所に所属されていたからご存じなのかな、とは」

「でも詳しくは知らないんだ。たぶん僕に限らず、ネニ事務所に所属してるタレントは誰も知らないと思うよ」

「え……そうなんですか？」

それはまったく思いがけないことだった。私はてっきりファンクラブの一階級上の特別会員として所属タレントは誰しも知っているものと思い込んでいた。

「僕がその名前を知っているのは、以前僕の前に現れた子が、〈Nファミリ〉の名前をうっかり出して、青ざめたからなんだ。彼女はその後、何でもありません、と誤魔化すような態度をとった。彼女は非常に裕福な家柄で、ファンクラブ歴も長かった。何か事務所が僕らの知らない特別会員制度を作っているんだろうな、とはその時に思ったんだ」

秘匿性の高さは、単に富裕層のプライバシーに配慮してのものだろうか？　私がその部分に踏み込もうとしたときの波多村の剣幕を思い返すに、何かさらにその裏がありそうな気はする。

「なるほど……つまり、〈Nファミリ〉会員はネニ事務所が作った制度でありながら、タレントには秘密ということですか」

「うん。だから、僕はその会員がどういう性質のものなのか知らない。ただ、想像はできる。おそらく、その会員というのはタレントについてふつうのファンクラブより一歩も二歩も踏み込んだ情報を入手できるんだろう。たとえば、本人しか知り得ないくらいのプライベートな情報、タレント本人が知ったら拒絶するくらいの個人情報が、違法に共有されたデータバンクみたいなものなんじゃないのかな」

その王子の大胆なまでの予想は、意外にもリアリティをもって聞こえた。そんなことがあったとしても、ネニ事務所に関しては、あるいはあの波多村稔一という男に関しては何ら不思議ではないかもしれない、と。

「……そういえば、王子があの事務所を離れた理由、お聞きしてもいいですか？」

「表向きとしては、新天地を求めての円満退所。でも実際には社長自身の粘着質な態度が嫌だったんだ。あの人は……いや、やめとこう。潤子さん、パパラッチかもしれないし」

「違いますってば」

もしかしたら、王子は波多村稔一の秘密を握っているのか。だが、それはいまの私が踏み込んで尋ねていいことではないのだろう。

「だけど、退所してからも継続して肌で感じていることがあるんだ」

「何ですか？」

「それはね、監視の目なんだ。パパラッチともちがう。何か、もっとねっとりと絡みつくような視線をよく感じる。それが、毎回同じじゃない。明らかにべつの人間が、誰も僕が出没すると知るはずのない場所で、僕を監視しているんだよ」

「ファンでしょうか？」

「あるいはね。でも、だとしてもおかしなことだ。僕はかなり入念にルートを変え、お忍びでその場所へ向かうのに、毎度その場がバレている。それも複数の人物に。そこから、僕は次のような仮説を立てた。つまり、もしかすると、ネニ事務所はいまだに僕を監視していて、一部のファンに僕の個人情報を知らせているのかもしれない」

「ああ……」と思わず声が漏れたのは、私が腑《ふ》に落ちないと感じていた問題へ解決の形を与えるとしたら、その仮説しかなかったからだ。思い出すのは、闇月祿郎の部屋や李姉妹のホテルの部屋、浅沼香代の化粧ポーチを漁《あさ》った時のこと。彼らは皆、なぜか王子のプライベート写真を所持していたのだ。

「事務所を離れたのに？」

「波多村さんてそういう変態的なところがあるんだ。一度自分の手駒《てごま》だった存在は、離れても自分の手駒だと思い込んでいる。何しろ、僕は当時の一番の稼ぎ頭だった。だから、もしかしたら〈Nファミリ〉会員にはいまだに僕の情報がいっているんじゃないのかな。そうでないと、僕の出没エリアで高確率でファンに出逢う意味がわからない」

「なるほど。王子の情報が筒抜けだったわけですか……それはたしかに理が通っていますね。でも、なぜそんなことを？」

「特別会員は、会費も桁違《けたちが》いだろうし、芸能事務所の重要な収入源だろう。でも、それだけじゃない。たぶん僕への嫌がらせの意味もあったんだと思うね。波多村さんの寵愛《ちょうあい》を拒否した報復さ」

王子はそう話して、深いため息をついた。

「それじゃあ、もしかして、波多村稔一社長が一連の事件の黒幕ってことは考えられませんか？」

「ううむ、そう考えたいのはやまやまだけど、だからこそ社長には顧客を殺す理由はない。顧客を失えば、それだけ損失を受けるわけだからね。それに、この〈Nファミリ〉

の存在は公《おおやけ》にしたくないはず。むやみに殺人を行なえば、違法な特別会員制度の全容が明るみに出ることになる」

「ああ……それはそうですね」

「そもそも一連の殺人は、いずれも同一犯によるものではないし、動機すら異なる。しかし、ネニ事務所に恨みをもつ者なら、動機にはなり得る。そう考えた時に、潤子さんは僕を容疑者候補に考えたわけだね？」

「ええまあ。現実的ではないとは思いますが……」

「その場合、僕はどうやって一連の犯行をやったと考えるの？」

王子は攻められたくないところをとことん攻めてくる。仕方ない。こちらも考え得るかぎりの仮説は披露しなければ。

「たとえば、これまでの殺人は、犯人たちの無意識を操作する何らかの宗教的ミッシングリンクが隠されている、なんてどうでしょう？」

「おお、すごく大げさでいいね。そういうの好きだよ。マインドコントロールされてるってことだよね。そして、犯人たちはそうとも知らずに自分の意思で犯行に及んだと思っている、と」

「ええ、そうです」

「面白いけど、もはやそうなると僕の知力では追いつかないな。ミステリでその真相をやると一気にしらけるやつだよね。べつに読者がしらけたって、現実の真相がそれなら仕方ないけどね」

「なるほど。では……これはとっておきの考えなのですが……」

それはついさっき脳裏をかすめた推理だった。あまりに突拍子もない。しかし、仮にその方法が使えるとしたら、まさに犯人は王子しかあり得ないということにもなるのだ。

「あ、ちょっと待って。ゆっくり聞きたいから、先に注文するね」

王子はそこで手を上げた。

「すみませーん。チーズだくだく足しでお願いします」

「チーズだくだく……！」

そんなメニューにない裏技を駆使するとは思わなかった。

思わず、私も声を発した。

「わ、私もチーズだくだく足しお願いします」

6

「チーズだくだく足しお待ち」

店主がそう言いながら、熱して溶けたチーズをとろりとかけた。かなりきつめのチェダーの香りが、ほぼ満たされているはずの食欲を大いに刺激する。チーズを絡めて豚骨スープに浸《つ》かったオニオンリングを食べると、また一段とコクが増す。臓腑への衝撃はかなりのものだが、その一撃一撃が天国への階段にも思えてくる。

「さて、それじゃあ改めて。潤子さんのもう一つの仮説とやらを教えてもらおうかな。僕がどうやって犯罪に関わったのか」

　まったく妙な話だ。私は王子が犯人ではないと思っている。なのに、王子を相手に王子が犯人でしかあり得ないような推論を披露しようとしているのだから。

「たしかに、一つ一つの犯人はべつにいるのに、N徽章周辺でばかり事件が起こるのは奇妙です。これは偶然ではあり得ないし、黒幕を想定するとしたら、それは催眠術などを用いて人をコントロールすることのできる人物を想定せざるを得ない」

　言いながら、某鈍器本シリーズのなかのとあるネタを思い出す。あれはああいう雰囲気の作品だから成り立つので、現実の推理でいきなりそんなこと言い出したら頭がイカれたと思われるだろう。

「でも——一つの仮説を立てることで、一気に現実的な計画にシフトできることに気づいたんです。それは、つまり犯人が探偵役を演じること。三つの事件では、いずれも王子によって犯人の指摘がありました。けれど、はっきりと犯人自身から自供があったわけではなく、推論の域を出ないとも言えます」

唯一《ゆいいつ》、闇月清奈に関しては自供に近いやりとりが電話を通じてあった。だが、実行の手口を彼女が語ったわけではない。彼女のほうこそが間接的に関わった可能性だってあるのだ。また、降霊術の一件では浅沼による供述はあったが、最後の香代の死によって首謀者は結局曖昧《あいまい》になった、とも言える。

「なるほど。つまり、僕が実際の犯人で、推理はすべてそれを誤魔化すためのでっち上げだ、と」

「ええ。というか、そういうことができるとしたら、王子しかできないですよね。だって、私も木下刑事もすべての事件をロジカルに解き明かしてはいないけれど、王子にはそれができました」

王子はニコニコ顔で、例の三度頷《うなず》きをした。一度目は自分自身への頷き、二度目は目の前の相手に向けての頷き、三度目は大スター・天草茅夢の公式見解としての頷き。

この人はかっこよくもかわいくもなれるから本当にずるい。いったいどこまで尊いのだろうか。

「しかし、だからといってそれが真相とは限りません。推理小説において探偵が明かす真相とは、作者が真相として用意したものにすぎませんよね。それと同じで、本当に私たちよりも数倍頭のいい犯人であれば、それぞれの事件でダミーの犯人を作り、自分が探偵役となって適切な犯人を指摘することで自分の身を守ることも可能だと思うんです」

「なるほど。僕はすごい知能犯ってことか。今度何かの役作りで生かせそうな気がしてきたよ」

王子は朗らかに笑う。この笑い方さえ、捉《とら》えようによってはひどく冷淡で悪魔的ともいえるのかもしれない。どうしよう。推しが推しすぎてもう全然冷静に考えられない。

「まあ、超能力的な人物を犯人に想定するよりはマシかもしれないけど、でも今の推理も決して現実的だとは言えないと思うよ。潤子さんがいまの仮説が真実であることを証明するには、僕のアリバイをすべて確かめないといけない。だけど、僕の供述は信頼に値するかな？　僕がマネージャーぐるみで嘘をつく可能性もあるよね。事件後すぐなら何らかの証拠が出たかもしれなくても、今の時点からでは、結局真実は闇の中に葬《ほうむ》り去られることになる」

「……そうかもしれませんね。それに、私はさすがに推しをそこまで強く追及できない、罪深い人間ですから」

そう、これはまったく致命的なことだ。仮に王子が犯人だとしたら、私はそのアリバイを事細かに追及できないし、したがって何も証明されないのだ。

「ただ、犯人＝探偵って究極の最終手段だと思うんだよね。そこに落ち着くには、まだそれ以外の可能性がすべて検討されたとは言いにくいんじゃないのかな。そんな気がするけど」

「まだすべての可能性が検討されていない……ですか」

「たとえばだけど、みんな犯行がもう終わったと思ってるけど、本当にもうこれ以上は何も起こらないんだろうか？　僕にはそこも自信がもてないな」

「もう起こらない、と思います」

というか、とりあえずもう脅迫状は届いていない。〈もう次はない〉という言葉のとおりに。つまり、先日の浅沼香代の自死をもって表向き、事件は幕となっているのだ。げんに波多村稔一は依頼料を満額振込み、ご苦労様、と我々をねぎらって調査の終了を告げたのだ。

ところが、こんな話をしているそのさなかに、スマホが鳴った。

「ちょっと失礼します……」

嫌な予感は的中するもので、電話は澤村からだった。

「たったいま、新たな脅迫状が届いた。内容は〈絶対にNを終わらせる　赤坂で〉」

「え……赤坂で……？」

驚いた。赤坂にいるタイミングでこうした知らせが届く偶然。あるいは必然。徐々に頭が混乱してくる。すべては神の采配《さいはい》なのか。そしてその神は——犯人。

「とにかく、これで、調査は振り出しに戻った……と言いたいところだが、安心しろ。さっき、その脅迫状を書いた人物が自分でネニ事務所に現れたそうだ」

「え……自分からですか？　今からその人に会えますか？」

「会える。ネニ事務所の一階で合流しよう」

澤村と顔を合わすのは久しぶりで気まずい気もしたが、背に腹は代えられない。

電話を切ってから、私は王子に事情を話した。

「ふむ……脅迫状を書いた人物が名乗り出た？　ていうか、脅迫状って何？」

仕方なく、私はこれまでの事件の前に毎回、ネニ事務所に脅迫状が届いていた経緯を語ることにした。仮にいまの一報が本当なら、案件としては一件落着であり話しても問題がないし、もしも王子が脅迫状の送り主ならば、それこそ隠している意味がない。

「そういうわけで、今からその人に会ってこようと思います」

「つまり、ネニ事務所に赴くわけ？」

「そうです」

「ふうん。なら、特別機を出すから、三分待って」

「え……？」

7

その三分後、私たちは空の上にいた。王子のいう特別機とは、王子の事務所の王子専用ヘリコプターだった。操縦士は、例の金髪のスタイルのいい女性。彼女はどうやらマネージャーらしい。

これは夢か。私は夢漫画の世界に入り込んでしまったのではないか。ちなみに夢漫画というのは推しと自分がカップルになる姿を妄想する類の二次創作で、私はじつはあまり好きではない。推しとカプになろうなど、おこがましいにも程があるというのが私の信条だからだ。

それなのに――この満天の星の中、王子と空を飛んでいるという現実はどうだろう？　なんて非現実的なのか。夢漫画でしかあり得ない。

「ヘリの良いところは、着陸の際に滑走が要らないところなんだ」

「何ですか、そのロマンスに欠ける物理的な情報。逆に萌《も》えます」

「撮影の移動時間を短縮するために、事務所が買ったんだ。買った以上は使わないとね」

「ん……そうですね」

もしかして、王子、私を特別機に乗せた言い訳をしている？　いや、まさかまさかね。推しがそんなことするわけはないよな……。

しかし、夢のような時間は、当たり前だけれどあまりに一瞬すぎた。何しろ、ネニ事務所はもともと赤坂と目と鼻の先にある。ヘリはその周辺で最も高いビルの屋上に着陸した。

「ネニ事務所は、そこの先にある赤いビルだから」

王子の示した方角に、たしかに赤いスレンダーな形状のビルがあった。

「それじゃあ、気を付けて。僕はイベントまではさっきの赤坂の店でのんびりしてるから。何かあったら知らせて」

「わ、わかりました！　行ってきます、ありがとうございます！」

私は夢見心地のまま、ヘリを降りてネニ事務所のビルへと急いだ。ビルの一階で、澤村が待っていた。澤村は、例の哲学性を除去されたキアヌ・リーヴスみたいな顔で私を見やった。

「まるで月からやってきたみたいな顔をしてる。顔色もいいし、しばらく会わないうちにきれいになったな」

「ああそういうのは要りませんので」

この男にドキドキしていたのは遠い過去の話だ。今ではどんな台詞《せりふ》を言われても先に心の鼻が笑い出す。

「それよりその例の人物はどこに？」

澤村は軽くお手上げのポーズをしてみせるが、べつだん傷ついた気配はない。

「こっちだ」

澤村とエレベータに乗る。到着までの間に、澤村は脅迫状の主が女性であること、長年、天草茅夢のファンクラブに籍を置いていたことなどを簡潔に話した。

「澤村さんの印象では、どうなんですか？」

「印象で？　んん、何とも言えんな。ただ、彼女が脅迫状の主だとしたら、ただの愉快犯なんだろう。そして、一連の犯行はすべて偶然に起こったこと、ということになる。まあ、そのほうが実際助かる。つながりのない三つの事件を無理やり浅沼香代がコントロールしたと考えるより、よほど合理的だ。偶然を飲み込めば、すべての不合理は合理化する」

澤村が言うと、なぜか胡散《うさん》臭さしか感じない。とにかく本人に会ってみるまでは、何も考えずにいようと決めた。

最上階でエレベータは止まった。ドアをノックすると、波多村稔一がしわがれた声で「入りたまえ」と告げた。こちらが開けようとする前にドアが開く。中にいた秘書らしき女性がドアを開けたのだ。

部屋の最奥では波多村稔一が煙草《たばこ》をくゆらせながら、ふんぞり返っている。そして、その場所からかなり隔たったところに、両脇《りょうわき》をボディガードのようないかつい男性に挟まれる形で、華奢《きゃしゃ》で化粧っけのない虚《うつ》ろな瞳《ひとみ》をした女性が座っていた。歳《とし》の頃は二十代前半くらいか。

私は澤村に耳打ちした。

「なんか、反省の色が全然なさそうですね」

「ま、まあな」と澤村は曖昧に頷く。

彼女はしばらく私たちのほうをぼんやりと眺めていたが、やがて、すっくと立ちあがってこちらに深々とお辞儀をした。

「あの……ごめんなさい。たぶん私自身がやったということになります。たぶんで申し訳ありませんが」

「我々は調査を依頼されただけですから、謝るなら波多村社長に。しかし、〈たぶん〉っていい加減な物言いであまり感心しませんね。まあ、とにかくお座りください」

彼女は私の言葉に従って腰を下ろした。私自身は立ったまま手帳を取り出し、メモの用意をした。

「あなたがやったというのは、これまでの一連の脅迫状すべてですか?」

「ええ。たぶん。私自身がやったということであれば、おそらくやったことになるのだと思います」

奇妙な話し方だ。それに、「たぶん」「おそらく」など他人事《ひとごと》感が強い。最近の若い子の特徴だろうか。「怒られが発生している」的な?

「これを書いたのもあなた?」

私は手帳に挟んでおいた脅迫状のコピーを見せた。

彼女は目を細め、顔を近づけてそのコピーの文字を確かめると、ふたたび曖昧に頷きながら「たぶん、私ということになるでしょう」と答えた。

「たぶん？」

「ええと……記憶は見当たらないんです。でも、私の部屋からこんなものが」

そこにあったのは、脅迫状に使われたのと同じ封筒と、便箋《びんせん》だった。たしかに世間に脅迫状の件は伏せられている。そのことを知っているというだけで、犯人だと考えることは可能だが――。

私はもう一度彼女の様子を観察した。挙動に落ち着きがなく、自信がなさそうに視線をつねに動かしている。

「まずあなたのお名前を伺ってもよろしいですか？」

「はい……ええと……私の名前は……」

言いかけた彼女を制して、波多村稔一が答えた。

「彼女は今は終了している天草茅夢ファンクラブの会員ナンバー03番、水城《みずき》凜《りん》だ。十代の頃から、たびたび度を越えた接触を天草に対して図ろうとするので、我々は彼女をつかまえては説得して帰している」

「なぜ警察に通報しないのです？」

「彼女には行動に及んだ記憶がなく、いつも深く反省しているからだ。三年前は演劇の舞台に上がって天草茅夢に飛びかかろうとして取り押さえられたこともある」

「ああ……」

その事件なら記憶していた。彼女がそのときの女性だったのか。新聞には載ったものの、事務所の判断で穏便に話し合いで済まされたという内容だった。

「それで、水城さんは今回は自分から犯行を事務所に告白しにきた、ということですか？」

すると、水城凜が深く頷いた。

「茅夢さまが退所した三年前からは、茅夢さまのことをできるだけ考えないように生きてきたつもりです。推しを思いすぎる傾向がある生き物なので、ブレーキをかけようと思いまして。ところが、半年ほど前から、茅夢さまが私の前に現れて『いつも君を見ているよ』などと嬉《うれ》しいことを言ってくれるようになったのです。せっかく私自身がブレーキをかけているのに、まったく腹立たしい幻想です。でも、あまりに頻繁に現れるので信じるようになりまして……」

妄想に乗っ取られた、ということか。

「何度か茅夢さまに〈Nを終わらせる〉と書けと言われたことは覚えているのです……でも言われたとおりに書くと、しばらくしてその書いたものは消えてしまうのですね。

でも、今朝確かめたら、便箋に強い筆跡が」

　彼女が見せた便箋は、たしかに脅迫状に使われたのと同じ種類のものだった。そこには一見何も書かれていないが、光の角度によって強く凹《へこ》んでいるところがあり、〈Nを終わらせる〉という文字が読み取れた。この便箋の上で強い筆圧で書き、上の一枚をはぎ取るから、その下の紙に跡が残ったのだ。

「動機は何ですか？」

「動機？……私に聞かれても困ります。でも、〈Nファミリ〉会員のことは昔から憎らしくて仕方なかったですね。私は会費が払えなくて、入りたくても入れなかったのに……」

　そこで、なぜか波多村が慌《あわ》てふためき、怒りだした。

「〈Nファミリ〉など存在しない！　あれはただの噂であって」

　この期《ご》に及んで、〈Nファミリ〉の存在自体を完全に誤魔化しておきたいらしい。飽くまでフリーメイソンばりの秘密会員制にこだわっているのだろう。だが、あいにく彼女はまったく話を聞いていなかった。

「だからみんな死ねばいいってずっと思ってきたのは確かです。だから……だから……」

　だから、たぶん私がやったのです、と彼女は続けた。

そういえば、アガサ・クリスティーの小説に記憶の欠落した人物の自白が出てきた気がする。たしか、あれもミッシングリンクものだったような……。

しかし──気がかりなのは、妄想であれ何であれ何度も王子が現れた、という部分だ。私は自分がさっき王子に披露した王子犯人説のことを考えていた。仮に王子がこの自身のファンさえも利用して犯行を目論んだのだとしたら、いよいよ王子による一大計画の可能性を検討せざるを得ない。

8

「どう？　脅迫状の主は、間違いなかった？」

〈カツラー〉に戻ると、王子はさっきと同じ席に陣取っていて、となりの空いている席に私を手招きした。

「ええ、〈たぶん〉。たしかに彼女は自分で脅迫状を書いた記憶があるようでした。ただし、少しおかしなことを。これは王子には少し申し上げにくいのですが……」

「あ、待って待って。まず、脅迫状の送り主の名前を当ててるから。その人物の名前は、水城凜さんだね？」

「な……なぜそれを？」

「潤子さんはいま〈たぶん〉と言った。だからその人物は記憶に自信がないタイプだってピンときた。そして、また潤子さんは僕に言いづらいとも言った。ということは、動機に僕が関わっているはず。となれば、過去に何度も僕にストーカーまがいの問題行動をとった記憶障害の傾向がある水城凜という女性が浮かぶのは当然のことだよ」

仕方なく、私は水城凜の供述を伝えた。その間、王子が勧めるので、〈濃厚バターバウムクーヘン&ソルベ〉を食べることにした。もう名前だけで高カロリー感がヤバいなと思ったが、実際に出てくると、これが存外すいすい食べ進められてしまう。バターの塩気がいい感じにリズムに乗せてくれて、王子に説明している間、勢いづいてあっという間に食べ終えてしまった。

「なるほど、何度も僕が現れた、か」

そんなことを言いながら王子はデザートのお替わりを注文する。

「もちろん、その場にいる全員が妄想だと判断しています」

「潤子さん以外の全員がね」

鋭いところをついてくるのはもう慣れたとはいえ、こうも私の心理を読まれたのではぐうの音も出ない。そもそも満腹中枢《ちゅうすう》がやられすぎて、いちいち嘘を言う神経が働かないのだ。

「私は可能性のあることは虱潰《しらみつぶ》しに考えないと気が済まないんです。記憶障害のある彼女をいちばん有効に利用できる人間は誰か、と考えたら、ほかならぬ彼女の推しである王子だという結論に、たしかになりました。ただ、やはり犯罪計画としての途方もなさは感じています。自身のストーカーを使って脅迫状を書かせ、その一方では三つの事件を自ら起こして、探偵役を買って出て一見論理的に見える解決で、誤導する――」

「うん、たしかに途方もない！」

王子はそう言って笑い出した。その口元だけの笑顔がすでに眩《まばゆ》い。いまサングラスの奥の目はどうなっているのだろうか。そんなことを妄想しはじめてしまう自分にストップをかける。

「よく探偵が犯人のミステリはありますが、あれは連続殺人でも単独殺人でも、一人の〈犯人〉が用意されます。ところが、一連の犯行はわざわざすべてバラバラ。こんなにバラバラに見せるような面倒なことをする理由がないんですよね」

「その点に関してはまったく同意するよ。潤子さんの犯人＝僕説は面白いけど、あまりにアクロバティックで無駄が多くて、僕が本当に犯人だとしてもやりたくないなぁ。ただ、だからといって水城凜さんが、純然たる妄想で脅迫状を書いたとも考えにくいんだよね」

「そうなんです……。でも、私はべつのミッシングリンクに気づいたんです」

そう、じつはこの可能性に思い立ったのは、ついさっき店に入る直前のことだった。

「べつのミッシングリンク？」

「ええ。肝心なことを忘れていました。犯行現場は、必ずと言っていいほどジャンク飯屋のすぐそばにある。それと、もう一つ。いずれも、ジャンク飯評論家の星野司が最新号で酷評した店舗の近くで起きている——」

「ああ、たしかに。それは言えてるね」

そう、この点こそが、この事件の失われた関連性と私は考えたのだ。

「つまり——犯人はジャンク飯屋を酷評する星野司なんじゃないでしょうか」

9

「ほほう。それは面白い。動機は何だろう？」

王子は、二つ目の〈濃厚バターバウムクーヘン&ソルベ〉に取り掛かる。この人、さっき拉麺も二杯食べて、デザートも二つ目か。すごい。いやぁ、私の推しは想像を絶していたよ。

そんなことに感心しつつ、私は自説を披露する。

「たとえば、自分が嫌いなジャンク飯屋の評判を落とすため、とは考えられませんか？」

「んん、でも〈Nファミリ〉会員やその周辺を狙《ねら》う必然性は？」

「ミスディレクションです。げんに我々はずっと〈Nファミリ〉会員つながりの事件だと思っていた。そうすれば、彼は容疑者の圏外に自らを置くことができる」

「なるほど……でも〈Nファミリ〉会員がその周辺に出没することはなぜ予想できたんだろう？」

「それは、〈Nファミリ〉がどういう性質の会員なのかを考えればわかります。さっき、王子も推測されていたように、〈Nファミリ〉はもっと限定的に、王子の個人情報が共有された秘密クラブなのではないか、と思われます。つまり、事務所退所後も、王子のプライバシーが会員たちには共有されている。単に富裕層だから会員情報が秘匿性が高いのではなく、所属俳優でもない天草茅夢の情報を違法に摂取しているから、秘匿性を高めている、と」

「すると、さっきの星野司犯人説に話を戻すと、僕が個人的に行動するのがジャンク飯屋限定だという個人情報を知っている〈Nファミリ〉会員周辺を狙えば、実際には自分が攻撃したいのはジャンク飯屋なのに、〈Nファミリ〉に関心を向けさせることができるってわけだね？」

「ええ。王子がジャンク飯をこよなく愛していること、その周辺をうろついている秘密クラブがあることを、星野司はおそらく事前にサーチして知っていたのでしょう」

「でも、そもそもその星野司という評論家は実在するのかな？」

「星野司が実在するか……ってどういうことですか？」

「雑誌がでっち上げた架空の人物という可能性もあるよね」

「ああ……確かめます」

「そう簡単に確かめられる？」

「そういうのは、お手の物です」

私はその場で出版社に電話をかけた。

「私、ドカグイ出版でグルメ雑誌を編集している者なんですが、御社の雑誌でレビューを担当されている星野司さんという方にコンタクトをとりたいのですが……」

だが、そこで先方の声が即座に曇った。

「星野司さんは誰にもお会いになりませんし、よそでお仕事はされないと思います。失礼します」

一方的にそう宣言して電話を切られてしまった。

「切られちゃいました……」

「ね？　実在が怪しい。ふう、ごちそうさま」

王子は二つ目のデザートも見事完食し、口元をペーパーで拭《ぬぐ》った。

「編集部で捏造《ねつぞう》された人物ということですか？」

「可能性はあるね」

「だとしたら、その〈中の人〉的存在が……」

「その人物が一人とも限らない。星野司という人物はジャンク飯屋に悪評はつけているけど、一連の事件を画策した、とまで考える根拠には乏しい。そもそも、三つのバラバラな犯行を画策する、なんて神業的な真似《まね》が本当にできるんだろうか？　それって成功すること自体が天文学的な確率じゃない？」

「ふむ。たしかに、それは一理あるかもしれません。でも、そうすると、ミッシングリンクを探すだけ無駄じゃないですか？　かといってこの案件はミッシングリンクを解かないと見えてこないようにも思えますし……」

「もう少しべつの角度から考えることはできないかな」

「べつの角度……ですか？」

「そう、たとえば、僕は一連の脅迫文に、苛立《いらだ》ちのようなものを感じた」

「苛立ち……？」

「具体的に言えば、〈今度こそ〉とか〈絶対に〉とか〈もう次はない〉という文言だね。そこには、一つのミッションが達成されないジレンマが感じられる」

「ジレンマ……ですか」

　それは妙な話だ。実際、つねに殺人事件は起こってきた。それをどうやってコントロールしていたかはわからぬものの、事件は毎度きちんと起こっているのだ。

「つまりね、僕はこの脅迫状の主は、今のところまだ一度も成功していないいんじゃないかと思うんだよね」

「成功していない……？　だって事件は実際に……」

「だから、個々のバラバラの事件を、無理やり統合することはむしろ困難じゃないかって思うんだ。それよりも、こうは考えられないかな。犯人は偶然のいたずらに阻《はば》まれ続けている」

「……何をですか？」

「その本来の犯行をさ」

「本来の犯行とは……何でしょうか？」

「それは、今までの脅迫状が予告してきた犯行現場。すなわち、僕らが事件に遭遇した場所に隠されてるんじゃないのかな」

「んん、千駄木、高円寺、新富町、そしてこの赤坂ですか……何かつなげると言葉になっていたり？　アナグラムとかですか？」

「そういうものではないと思う。さっきも言ったとおり、犯人は徐々に苛立っている。つまり、本来なら最初の場所で終わらせたかったはずなんだ。それなのに、うまくいかず、次、次、となっている。それは何故なのか？　おっと、試写会が間もなく終わって舞台挨拶に顔を出す時間だ。マネージャーが迎えにくるはずだから、そろそろ行かなくちゃ」

映画館はこの通りからそう遠くない。車の迎えが来るなら、移動は一、二分といったところだろう。

その時、店の電話が鳴った。店のスタッフはしばらくの間、話していたが、やがて全体に向けて「潤子さんという方はこの中にいらっしゃいますか？」と尋ねた。彼の視線が私にぶつかるのと、私が名乗り出たのはほぼ同時だった。

もしかしたら、澤村が緊急で何か用事があるのだろうか？　それにしても〈潤子さん〉なんて名前で呼びだすだろうか？　いつも苗字《みょうじ》で呼んでいるくせに？

お店のお兄さんが水を注ぎ足しながら、店の入口の電話を示し、「保留を解除してお使いください」と言った。

私は言われたとおりに店の入口に向かい、電話の保留を解除して「もしもし」と言った。だが、その通話口はツー、ツー、という音が鳴っているだけだった。よほど気が短いのか、何か事情があったのか。

席へ戻り、王子に「何だか、もう切れてましたね」と告げたが、王子の顔色が冴《さ》えない。空のグラスに片手を添えたまま一点を見つめ、微《かす》かに唇を震わせてさえいた。

「もう出よう……」

「王子？　どうしました？」

すると、王子は顔を近づけて言った。

「会計、任せていいかな……心配しないで」

彼は一万円札を私の手に握らせると、よろよろと立ち上がった。

「え、王子？」

だが、もはや私の声など耳に入っていない様子で千鳥足ながらも駆けるようにして店の外へと向かっていった。そして、赤いアルファロメオのなかへと倒れ込むようにして消え去ったのだった。その様子は、今にも意識を失いそうな人間の行動であるように見えた。

「王子……大丈夫かな……」

その時、私は気づいた。さっきまでそこにいたはずの店員の姿が、跡形もなく消えていることに。

10

考えてみれば、あの電話の時点からおかしかったのだ。店員は、潤子さんという方はこの中にいらっしゃいますか、と言った。そんな呼び方をするのは王子くらいで、職場の仲間はみな苗字でよぶ。高校時代の友人や家族ならわかるが、そんな連中があの店に私がいるのを知っているわけがないのだ。

そして、もう一つ。私はすぐに電話に向かったのに、通話口ではすでに不通になっていた。つまり、電話の相手は私が電話口に出てくれさえすればよかったのだ。

それはなぜか？

王子をあの席に一人にしたかったからだ。

問題は、王子を一人にして何をしようとしたのか？　そもそも、電話をかけてきた人物は何者だったのか？

顔はうまく覚えていないものの、店のスタッフのうつろな目が思い出された。彼は〈この中に潤子さんは〉と言って探すそぶりを見せたが、そのわりに私と目が合うのがやや早すぎた。

そう考えた時に、すべてがつながった気がした。

「そういうことか……」

王子はすでにその事実に私より先に気づいていたのだ。この事件のミッシングリンク――それは、ほとんど私たちの目のまえにずっと置かれていたのだ。

王子の存在――。

それ自体がミッシングリンクだったのだ。

犯人はずっと王子を尾《つ》け狙って、王子が一人になるタイミングを窺《うかが》っていたのだ。ジャンク飯屋なら、王子が唯一プライベートで、一人になる場所だから、狙いやすい。ほかの客の目をまったく気にせず、その後犯行が露見することにさえ無頓着《むとんちゃく》ならば――。

おそらく、この犯人はターゲットと自分の関係性しか見えていない。周囲に誰がいようが、それが王子と無関係な人物でありさえすれば、気にしないのだろう。

もしも、ひどく無根拠な自信を過剰にもっているタイプの人物なら、こう考えるかもしれない。自分は無名の存在を〈演じる〉能力が高い。ゆえにその後で煙のように姿を消せば、犯行はバレない――。

一見愚かなようだが、いま起こった大胆な犯行を説明するには、そんな精神のバランスのわるい人物が犯人像として浮かんでくる。

そして、その犯人が犯行に及ぼうとするたびに――例外的な事象が勃発《ぼっぱつ》した。

私がいたことだ。

なぜか偶然にも、三つの事件で、私は王子とたまたま居合わせる羽目になった。それというのも、たまたまそこで殺人事件が起きたから。偶然に偶然が重なった結果として、犯人は王子を殺害する機会を逸してしまう。

悔しい思いをしながらも犯人は、まだあきらめずに今回の好機を狙った。この店の店員に成りすまして。

王子はこれから、この通りの近くにある映画館の試写会でインタビューに答えることになっていた。あの雰囲気では、試写会の会場に向かうのはほぼ不可能ではないか。なぜなら、おそらく彼は毒を飲まされたであろうから。

私は支払いを終えると、試写会に向かった。王子はたぶん病院へ直行したはず。無事だろうか？　毒の量にもよるが、王子の即断によって近場の病院へ運ばれたなら一命をとりとめる可能性は大いにある。それより、王子が不在の状況をどうカバーするのか。もしも混乱があれば、私のほうから主催者に向けて申告する義務が発生する。

赤坂ネオ・シアターは、創業四十年目を迎える小さな映画館だ。だが、多くの映画の最初の試写会がここで行なわれ、メディア関係者が集う場所としても知られている。

会場は混雑していた。考えてみれば、今日の舞台は犯人にとってうってつけだっただろう。王子がジャンク飯好きで、しかも試写会の場がその近くなら、直前に〈カツラー〉を訪れるのは、ほぼ必然と言っていい。

私は祈った。王子が無事でありますように。

――心配しないで。

王子の言葉を信じたい。でも一方で、グラスが空だったことを考えると楽観視はできない。王子はあのグラスの中身を最後に飲み干したのだ。おそらくは毒を仕込まれたであろう中身を。

王子……。

果たして、舞台の壇上にいる司会者がこういった。

「それでは本日のスペシャルゲストです。主演の天草茅夢さん！」

割れんばかりの拍手と歓声が同時に起こった。中には失神寸前の子もいる。わかる。わかるぞ、その気持ち。しかし同志よ、ここに王子は登場しないかもしれない。

その時――壇上にサテンのスーツを纏《まと》った華々しい男性の姿が現れた。場内はしばらくの間、拍手を送り続けた。だが、やがてその拍手に戸惑いが混じり始めた。場内の誰もが、脳内に疑問符が浮かんでいるであろうことは明らかだった。

なぜなら、壇上に現れたのは、王子ではなかったのだから。

たしかに背格好は王子に近いし、髪形も王子に似せてはいたけれど、それでも王子に似て非なる人物だった。

その虚ろな目は――間違いなくさっきの店のスタッフだった。

11

「どうも、天草茅夢でぇす」

彼はそう宣言したが、場内のざわつきがそんな言葉で封じられるはずもない。何しろ、彼は王子を名乗るにはそれほど容姿も整っていない。スタイルは近いものがあるが、やや猫背でもある。

思い出す。水城凜が脅迫状の写しに顔を近づけていたこと。彼女は目があまり良くないのだ。だから、服装と雰囲気から王子だと錯覚し、自身の内なる期待から積極的にそれが王子だと妄想してしまったのだろう。脅迫状を書かせたのは、この男に違いない。

私は、その男をさっきの店のスタッフとして見ただけではないことに気づく。その前の降霊術バーのあるビルの一階にあった〈マジカリ〉にいた黒縁眼鏡の姿勢がイマイチなスタッフ、さらに九月に〈のせ杉ドッグ亭〉にいた姿勢も雰囲気も頼りないスタッフ。そして、千駄木の〈ダー喰屋〉にいた猫背のスタッフ……。少しずつ雰囲気は違えど、共通して覇気がなく、姿勢が悪い――要するに猫背な点は変わらなかった。

彼はカメレオン俳優よろしく、ずっと私の周辺にいた人物だった。なぜ彼が同一人物であることに気づけなかったのか？　それは、いずれの場合も、制服を纏うことによって盲点を作られていたのだ。

ミステリの王道ではないか。制服を着たとき、人は記号的に捉えてしまうという例のパターン。彼はずっとそれを利用していたのだ。

そして、そんな彼がいまはスター風の衣装に身を包んでいる。記号から象徴へと脱皮しようとでもいうのか。

だが――それは象徴の真似事に過ぎない。

「何でも聞いてください。この映画のことなら、この僕にね！　演技のメソッドなら、少し有料になるかもしれませんが。あっはっは」

彼は快活に笑って場内を見回したが、誰一人として笑っている者はいなかった。すると、彼はそのことに気を悪くしたようだった。

「どうした？　ネニ事務所の看板俳優だった天草茅夢だよ？　君たちに会うためにわざわざここに現れたんだ！　なぜ！　なぜ喜ばない！」

もはや会場は騒然となっていた。司会者も混乱しているため、これが単なるドッキリや何かではないことが観客にも伝わってしまっているのだ。

その気配に、さらに男は怒りはじめた。

「何なんだ？　おまえたちは！　せっかく現れてやったのに！　僕の演技に感動したんだろ？　ちがうのか？」

彼はそう叫んで周囲を睨《にら》んでみせた。

その時、ステージの奥から声がした。

「みんな感動したさ。天草茅夢の主演する作品に」

その言葉とともに現れたのは――王子だった。さっきまでの苦しそうな表情は、そこにはなかった。

観客から歓声が上がると、壇上の偽《にせ》王子が叫んだ。

「うるさい！　黙れ！　静かにしろ！」

対する王子は、落ち着き払っている。まるで、これが演劇の舞台で、今から長い台詞を披露する時みたいに。

そして、王子はゆったりとした口調で、しかし場内全体に聞こえるほどの大きさでこう言った。

「問題は、君が天草茅夢じゃないってことなんだよ。ご退場願おうか。井伊《いい》崎《さき》薫《かおる》くん」

その言葉を聞いた瞬間、男は色をなくして、慌てふためきはじめた。

「あ……あう……あう……」

王子の言葉が、彼の精神を直撃したことがわかる。

「君は、ネニ事務所時代に入所試験を一緒に受けた同期だったね。あの頃はお互いによく一緒に食事もしたし、夢を語り合ったりもした。君は僕の才能を高く評価してくれていたよね。だけど、ある時から距離をとるようになった。そして、徐々に仕事がなくなると、廊下ですれ違っても目を合わせてくれなくなった。五年前に君が退所して、どこでどうしているのかずっと気にはなってたんだ。数カ月前の事件のとき、殺人現場付近で君を見かけて安心した。でも違ったんだ。何かが違った。君はまるで現実を〈演じて〉いるようだった。それで違和感を覚えた。もともと君はそれほど演技がうまくなかった。だから、日常でどんな役回りをこなしていても、どこかに違和感が出てしまう。

もっと自然に役を演じてくれればよかったんだけどね」

「うるさい！　だまれだまれだまれ！」

井伊崎薫は、怒りのあまり全身をわなわなと震わせながら、ポケットから折り畳みナイフを取り出して広げ、その切っ先を王子に向けた。

客席から大小さまざまな悲鳴が上がったが、王子は冷静そのものだ。

毒を飲んだのではなかったのか。まったくさっき店を出るときのあの息も絶え絶えといったふうはない。

「いいや、黙らないよ。君は僕になろうとしたんだ。そして、自分を退所させたネニ事務所への復讐《ふくしゅう》も同時に果たそうとした。その復讐方法が、シンプルな話、僕を殺すというものだった」

会場は推しの口から語られる言葉によって事態の深刻さを悟り、パニックになりかけている。けれど、王子はかまわず続けた。

「ネニ事務所は、〈Nファミリ〉という特別会員制の秘密クラブを作って、僕の退所後も僕のプライベートを切り売りする違法な商売に着手して大きな収益を得ていた。だから、ネニ事務所に対してダメージを与えるには、僕を殺して〈Nファミリ〉を解体してしまうのがいちばん。だけど、それは同時に君自身が長らく信奉してきた演技の神を失うことにも他ならない。したがって——君は本気で僕に成り代わろうとする——いまのこのステージでの振る舞いがそれだ。君のその思考がすぐにわかったから、さっきは毒を飲んだふりをして、体調が悪くなった演技をして退席したんだ」

あれが、演技だったというのか。

さすがはアイドル級のルックスを持ちつつ、鋭い切れ味の演技で人々を魅了する我が推し、天草茅夢だ。

その時——ステージの上に、例の鰹節《かつおぶし》を削ったような縮れ毛茶髪に梅干しを食べたみたいな渋い顔の男が現れた。

木下刑事——。

さすがは、同担。今日の試写会の舞台挨拶も見逃すまいと場内にいたようだ。木下刑事は拳銃《けんじゅう》を井伊崎薫に向け、もう片方の手で警察手帳を取り出して掲げてみせた。

「警察だ！　井伊崎薫、殺人未遂容疑で逮捕する」

場内が騒然となったのは言うまでもない。井伊崎薫は何を思ったか、王子の背後にまわり、その首筋にナイフをつきつけた。

「来るな！　こいつが死んでもいいのか？」

「落ち着きなさい！　そんなことをしてもどうにもならん！」

木下刑事は銃口を向けていたが、「銃を捨てろ！」と喚《わめ》かれて、泣く泣く銃を捨てた。

情けない。でも、いまの心意気は買う。

勇気ある刑事であり同担に心からエールを送った。

だが——おあいにくさま、ここに一人そんな悠長なことを言っていられない人間がいる。何しろ、推しが危険に晒《さら》されている。たとえ動機に同情の余地があったって、そんなのは関係ない。

私はポケットからスマホによく似た形状の物体を取り出すと、井伊崎薫の足に狙いを定めた。ほとんど音はしない。そういう特殊な改良が施されている。

「うわぁ！」

悲鳴を上げて井伊崎薫がその場にうずくまると、すぐさま木下刑事が銃を握り直し、ナイフを蹴《け》り飛ばし、井伊崎薫の体を抑え込んだ。

「現行犯で逮捕する！」

やれやれ。

まあとにかく、こうして騒がしい私の数カ月間の任務は終わったのだ。

エピローグ

井伊崎薫は、あっさりと一連の犯行を自供した。警察は井伊崎の自宅から、何冊にもわたる〈天草茅夢の近況報告レター〉という自家製会報誌を押収《おうしゅう》した。それらはもちろん、天草茅夢が書いたものではなく井伊崎薫が、天草茅夢に成り切って書いていたものだった。

そこに〈Nを終わらせる〉の文言が頻出したことが、事件の裏付けともなった。井伊崎薫は拒食症になりかけながら、計画のためにジャンク飯屋に勤務していたため、ひどい苦痛を味わっており、生活も日々のバイトではかつかつだったようで、その点に関しては、私も同情を禁じえなかった。いずれにせよ、彼の計画は失敗に終わり、脅迫罪及び殺人未遂罪で起訴される運びとなった。

その後の流れはじつに慌ただしかった。それから一週間とあけずに波多村稔一が年内のうちに緊急逮捕されたのだ。証拠は揃《そろ》いすぎるほど揃っていた。いちばんの証拠は、とうとう澤村に〈Nファミリ〉会員の名簿およびその会員限定ニュースの配信内容が渡ったことだった。

我々警視庁組織犯罪対策部内に作られた芸能界特別対策チームは波多村稔一を逮捕するべく、約一年前から、架空の探偵事務所〈ドッグズ・アイ〉を立ち上げ、芸能界御用《ごよう》達《たし》の探偵事務所としての評判を構築していた。そうして、ネニ事務所から何らかのコンタクトがあるのを待っていた。

例の脅迫状の件以外にも、波多村がいくつかの調査を必要とする案件を抱えていることは知っていた。とにかく波多村は両手で抱えきれないほど恨みを買っていたのだから。それというのも、彼は〈Nファミリ〉という富裕層ビジネス以外にも、仕事のない子たちに売春まがいの営業を斡旋《あっせん》するような違法行為にも着手していた。私がラプソディ姉妹のホテルの部屋から押収したのは、それを実証するいかがわしい写真だった。ラプソディ姉妹は重度の日本人美少年好きで、多くの未成年アイドルが彼女らのもとに派遣されていたのだ。

そして、波多村自身にも無数の後ろ暗い行為があり、公《おおやけ》にはできない訴訟もいくつか抱えていた。

私たちは波多村稔一の弱点は調べ尽くしていたが、それでも慎重に動いた。何がいちばん効率的に、波多村の馬脚を露《あらわ》すようにさせる方法なのかを見極めなければならなかった。そのために、個人的に執着しているという王子に関する情報など、ふんだんに餌《えさ》を集めていた。

ところが――波多村のほうから思いがけず、例の脅迫状の件で依頼をしてきた。そこで、私は急遽《きゅうきょ》、その波多村の依頼に応じて、現場に覆面潜入する役割を任されることになったのだ。いわば二重任務というやつだ。表向きは波多村のための探偵。だがその実態は、警察としての波多村自体の調査にあった。警察には、波多村が所属アイドル・俳優たちに偏執的な嫌がらせをしているという情報がいくつも寄せられていた。

だが、波多村は芸能界のドンのような存在だ。簡単に捜査に応じるわけがないし、そこで証拠が出なかったとき、今度は恥をかかされるのは警視庁のほうだ。そんなわけで、慎重に慎重を期す必要があったのだった。しかし、まったくの偶然とはいえ、お陰で三つも殺人事件に遭遇することになったのには参った。

複雑なのは、それらの殺人事件がなければ、王子は殺されていたかもしれないということだ。結果的に、私の任務としては落ち度もなく、波多村からの依頼を無事にこなしつつ、同時に波多村の違法行為を暴《あば》き立てることにも成功したが――しょうじきここ数カ月はうまくいくのか不安で全然眠れなかった。

しかし、そんな日々にもようやくピリオドが訪れたようだ。

事件解決の数日後、私のSNSに思いがけず〈ジャン太郎〉からダイレクトメッセージが届いた。

〈こないだは大変な目に遭ったよ〉

それは、王子から私のもとに初めて届いたダイレクトメッセージだった。私はそれを全世界に誇りたいような気持ちになりつつ、すぐに返信した。

〈ご無事で何よりです〉

〈あの時、会場から銃弾が飛んできたんだけど、その方向に潤子さんがいた気がしたんだけどな〉

相変わらず観察眼はえげつない。彼は塵《ちり》一つ見逃さないのか。まああれだけの演技力を誇る俳優だもの。それくらいの観察眼は当然ないと生き残れないのだろう。

〈気のせいじゃないですかね……私はジャンク飯でお腹《なか》いっぱいになっちゃってそれどころじゃなかったですから〉

〈ふうん？　まあいいや〉

思いのほか諦《あきら》めが早くて助かった。いくら推しといえども、公務を明かすわけにはいかない。

それにしても、私はネットで推しとDMを送り合っているのか。いいのだろうか。私はつましいファンでありたいのであって、こんな夢設定は全然要らないのだが――。

〈潤子さんは秘密めいてるね〉

〈何も秘密めいてませんよ、私は。見たまんまです〉

ここはこう言い張るしかない。どうやらもうバレているようだけれど。

〈そうだ、秘密といえば私も一つ、王子の秘密に気づきました〉

〈え！　僕の秘密？　カツラなのがバレた？〉

〈それは知りませんでした。墓場まで絶対外さずに行ってください〉

〈了解〉

王子の冗談に本題を忘れそうになるが、一応確かめておかなくては。

〈星野司は、王子ですね？〉

ここ数日考えていたこと。この推理は、これまでのどんな事件のそれよりも自信があった。あれこれ考えると、そうとしか思えないのだ。

〈なんでそんなこと思うの？〉

〈星野司の《できたてジャンク辛口採点》は、開店して間もないジャンク飯の名店を扱います。それも毎回酷評する。もちろん、酷評しても潰《つぶ》れないくらい力のある人気店に限っていますが、それにしても一時的に人気は下がります〉

〈そうだね。それが？〉

〈王子は、毎度決まってその雑誌が発売された週に、そこで扱われた店に登場しています〉

〈それは、潤子さんも同じだよね〉

〈そうですね。でも、私の場合は任務上そうなったわけですが、王子は選んでそうなったはず。わざわざ星野司の酷評が出た週に行くのにはどんなメリットがあるのか？〉

〈店が空《す》いている可能性がある〉

〈そのとおりです。店が空いている可能性がある。それこそが、王子が酷評ばかりする評論家、星野司を生み出した理由なのです。もっとも、その期待はさほど成功はしなかったようですが。何しろ本物のジャンク飯マニアはレビューより自分の舌を信頼していますから〉

〈その推理、おもしろすぎるね〉

DM上だから表情が読めないが、たぶん王子は例の笑みを浮かべていることだろう。どんな時でも、王子は動揺したりはしない。

〈王子はジャンク飯好きでありながら、多忙を極める芸能人です。そんな人にとって、プライベートな時間を確保するのは至難の業。その限られた時間に、好みのジャンク飯屋を訪れることができないなんて、たしかに悲劇です。だから、少しでも入店が早くなるように、批評家として辛口採点をつける。実際、泡沫《ほうまつ》客が消えて行列が少しは短くなっていたので、まったくアテが外れたわけでもないでしょう〉

〈これが推理小説なら、僕はこう言うね。はっはっは、面白いな、探偵さん。ミステリ作家にでもなったほうがいい〉

〈そうしたいのはやまやまなんですが、うちの職場は原則副業禁止でして〉

言いながら、何だかお互い白状してしまっているに等しい気もしてきた。〈ミステリ作家にでもなったほうがいい〉は、犯人が口にするお決まりの台詞《せりふ》だし、〈副業禁止〉と言ったらもはやそれは国家公務員だと認めたようなもの。

〈うぅむ、そうだな。それじゃあ、明日発売される雑誌で扱われている店で、その話の続きをするのはどう？〉

思いがけぬお誘いだった。そういえば、先日渡された一万円の中から支払いを済ませた後のおつりを返さなければ。

今は年の瀬。クリスマスの飾りつけで賑《にぎ》わう街の中で、そんな世の流れとは無縁にジャンク飯で体を温め、多幸感を得るなんて最高ではないか。しかも、隣の席にいるのは、我が推し――。

考えただけで涎《よだれ》が出る。

そのくせに、しばらくためらったのは、即答するとキモいかな、という考えが一瞬よぎったせいだった。

けれど、三十秒後には返事をしていた。

何より、ジャンク飯の約束を、このわがままな胃袋が拒絶できるわけがないのだから。

本書は新潮文庫のために書き下ろされた。

デザイン　川谷康久（川谷デザイン）

名《めい》探《たん》偵《てい》の顔《かお》が良《い》い
天草茅夢のジャンクな事件簿

新潮文庫　も－40－3

令和六年十一月一日発行

著者　森《もり》晶《あき》麿《まろ》
発行者　佐藤隆信
発行所　株式会社新潮社
郵便番号　一六二―八七一一
東京都新宿区矢来町七一
電話　編集部（〇三）三二六六―五四四〇
読者係（〇三）三二六六―五一一一
https://www.shinchosha.co.jp
価格はカバーに表示してあります。

印刷・錦明印刷株式会社　製本・錦明印刷株式会社

ISBN978-4-10-180295-4 C0193